KB148303

Bartleby, the Scrivener: A Story of Wall Street

지은이 **허먼 멜빌** Herman Melville

1819년 뉴욕에서 태어났다. 부유한 무역상 집안의 8형제 중 셋째로 태어나 유복한 유년 시절을 보냈으나, 아버지의 사망과 함께 집안이 거의 파산했다. 생계유지를 위해 학업을 중단하고 은행, 상점, 농장, 학교 등을 전전하다 20세가 되던 해에 상선에 오른 것이 바다와의 첫 번째 인연이었다. 이후로도 고래잡이배 선원, 해군으로서 배에 올랐으며, 이때의 경험이 멜빌의 작품 세계에 큰 영향을 끼쳤다. 대표작으로 『모비 딕』이 있다.

옮긴이 **정해영**

성균관대학교 불어불문학과와 이화여자대학교 통번역 대학원을 졸업하고 현재 전문 번역가로 활동하고 있다. 역서로는 『리버보이』와 『빌리엘리어트』, 『올드오스트레일리아』, 『곰과 함께』, 『번역의 일』, 『이 폐허를 응시하라』, 『하버드 문학 강의』, 『회계는 어떻게 역사를 지배해왔는가』, 『페미니스트99』, 『데카메론 프로젝트』, 『떠나는 것은 어려운 일이 아니다』, 『묘사의 기술』, 『정상은 없다』, 『우주를 듣는 소년』, 『좋은 엄마 학교』 등이 있다.

도슨트 **성기현**

한림대 인문학부 교수. 2017년 서울대 미학과에서 「질 들뢰즈의 감각론 연구」로 박사학위를 받았으며, 충북대 철학과 박사후과정연구원과 서울대 인문학연구원 선임연구원으로 재직한 바 있다. 저서로 『들뢰즈의 미학』, 『프랑스철학과 정신분석』(공저)이 있으며, 『들뢰즈와 가타리의 무한 속도』와 『들뢰즈, 초월론적 경험론』을 번역했다. 주요 논문으로 「들뢰즈의 후기 프루스트론에 대한 연구」, 「들뢰즈와 과타리의 보편사 개념」, 「들뢰즈와 해석의 문제」, 「칸트라는 분기점: 랑시에르 vs. 리오타르」 등이 있다.

그린비 도슨트 세계문학 02

필경사 바틀비

허먼 멜빌 지음

정해영 옮김

그린비

차례

일러두기

1 이 책은 Herman Melville, *Bartleby, the Scrivener: A Story of Wall Street*(1853)를 번역한 것이다.
2 본문의 각주는 모두 옮긴이의 것이다.
3 외국어 고유명사는 2017년 국립국어원에서 펴낸 외래어표기법을 따르되, 관례가 굳어서 쓰이는 것들은 그것을 따랐다.

필경사 바틀비

나는 이제 노년에 접어든 사람이다. 나는 직업 특성상 지난 삼십 년간 흥미롭고 다소 특이하게 보일 만한 부류의 사람들을 보통의 경우보다 많이 접해 왔다. 내가 아는 한 지금까지 그들에 대해 쓰인 글은 없다. 그들은 바로 법률서기, 또는 필경사(筆耕士)라고 불리는 사람들이다. 나는 그런 사람들을 직업적으로, 개인적으로 아주 많이 알고 있으며, 마음만 먹으면, 성격 좋은 신사들이 들으면 빙그레 웃음 지을 만하고, 감성적인 영혼이 들으면 눈물을 훔칠 만한 갖가지 내력들을 이야기할 수 있다. 그러나 내가 지금까지 직접 보거나 들어 본 중에 가장 이상한 필경사 바틀비의 삶에 관한 몇 구절을 쓰기 위해 다른 모든 필경사들의 전기는 포기하겠다. 다른 필경사들에 대해서라면 온전한 삶의 이야기를 쓰겠지만, 바틀비에 대해서는 그런 것을 할 수가 없다. 나는 이 남자에 대한 온전하고 만족스러운 전기를 쓸 만큼 충분한 자료가 존재하지 않는다고 믿는다. 이는 돌이킬 수 없는 문학적 손실이다. 바틀비는 본인에게서 얻은 정보를 제외하면 아무것도 확인할 수 없는 그런 부류의 사람들 중 하나였는데, 그의 경우 그런 정보조차 극히 적다. 따라서 나 자신의 놀란 눈으로 본 것, **그것이** 내가 바틀비에 대해 아는 전부다. 사실 나중에 등장할 모호한 소문 하나만 빼고 말이다.

그 필경사가 내 앞에 처음 나타난 순간부터 시작해서 그에 대한 소개를 하기 전에, 우선 나 자신과 내 **직원들**, 그리고 나의 일과 사무실, 그리고 전반적인 환경에 대해 얼마간 언급하는 것이 적절할 듯싶다. 그런 묘사가 주요 등장인물인 그를 적절히 이해하는 데 필수적이기 때문이다.

제일 먼저, 나로 말할 것 같으면 소싯적부터 가장 쉬운 방식이 최고의 삶의 방식이라는 깊은 확신에 차 있던 사람이다. 그래서 나는 대체로 많은 에너지가 소모되고 긴장되고 가끔은 소동에 휘말리는 직종에 종사함에도 불구하고, 그런 것들로 인해 나의 평온함이 방해를 받은 적이 없다. 나는 결코 배심원에게 호소하거나 어떤 식으로든 대중의 갈채를 이끌어 내는 일이 없이, 냉정한 평온함 속에 부자들의 채권과 담보대출과 부동산 권리증서에 둘러싸인 안식처에서 안락한 업무를 수행하는 야심 없는 변호사 중 하나다. 나를 아는 모든 사람들은 나를 대단히 **안전한** 사람이라고 생각한다. 지금은 고인이 된, 시적인 열정이라고는 거의 없었던 유명인사 존 제이콥 애스터*는 나의 최고 장점이

신중함이며 두 번째 장점은 체계성이라고 선언하기를 주저하지 않았다. 나는 허영심에 이 말을 하는 게 아니라, 단순히 내가 이 직종에 종사하면서 존 제이콥 애스터의 의뢰를 받지 못한 사람은 아니라는 사실을 밝히는 것이다. 인정하건대 나는 그의 이름을 반복적으로 발음하기를 좋아한다. 그 이름이 공 모양으로 입술을 오므려 내는 원순음을 포함하고 있어서 금괴를 두드렸을 때처럼 소리가 울리기 때문이다. 또한 나는 존 제이콥 애스터의 호평에 무감하지 않았다는 것을 거리낌 없이 덧붙이겠다.

이 작은 이야기가 시작되기 얼마 전부터 내 일감이 크게 늘어났다. 뉴욕주에서 지금은 사라진 형평법원** 서기관이라는 옛날의 좋았던 직책이 내게 주어진 것이다. 몹시 고된 직책이 아니면서도 보수가 꽤나 짭짤했다. 나는 어지간해서는 화를 내지 않고, 부당하거나 폭력적인 행위 앞에서 위험한 격분에 빠지는 경우는 더더욱 드물다. 그러나 내가 여기서 새로운 헌법이 형평법원 서기관이라는 직책을 갑자기, 폭력적으로 폐지한 것이 시기상조였다고 섣불리 단언한다 해도 다들 묵인해 줘야 한다. 나는 그것이 종신 직책이라고 믿었는데 겨우 짧은 몇 년 동안만 누리게

* 독일계 미국인 사업가. 미국 최초의 억만장자 부호.

** 영미법에서 판례에 기초한 엄격하고 경직된 보통법의 결함을 보완하여 특히 민사 사건에서 금전적 배상 이외의 구제와 형평성의 원칙을 지키기 위해 만들어졌으나, 두 법체계 간의 경계가 모호해지면서 1846년 뉴욕주 헌법 개정으로 폐지되어 주 대법원에 편입된다.

되었으니 말이다. 하지만 이건 그냥 말이 난 김에 하는 얘기다.

내 사무실은 월스트리트 ×번지 2층에 있었다. 사무실 한쪽 끝에서는 건물 꼭대기에서 바닥 층까지 관통하는 널찍한 채광정(採光井) 안쪽의 흰색 벽이 보였다. 그것이 제공하는 전망은 다소 재미없어 보이고 풍경화가가 '생기'라고 부르는 것이 결여되어 보일 수 있다. 사무실의 반대편에서 보이는 전망은 그보다 더 나을 것은 없지만 적어도 어느 정도 대조를 보여 주었다. 그 방향으로 난 창문으로는 오래된 데다 항상 그늘이 져서 검게 보이는 높은 벽돌 벽이 막힘없이 내다보였다. 숨겨진 아름다움을 찾아내기 위해 망원경 같은 것이 필요한 벽이 아니기도 했지만 어떤 근시의 구경꾼이라도 볼 수 있을 만큼 내 사무실 창문에서 3미터도 채 안 되는 곳까지 바짝 붙어 있었다. 주변 건물들의 높이가 워낙 높고 내 사무실이 2층에 있었기 때문에, 이 벽과 내 사무실 벽 사이의 공간은 거대한 사각형 물탱크를 적잖이 닮아 있었다.

바틀비가 등장하기 직전에 나는 두 사람을 필경사로, 전도유망한 한 소년을 급사로 두고 있었다. 첫 번째는 터키, 두 번째는 니퍼스, 세 번째는 진저너트였다. 이 이름들은 전화번호부에서 찾기 힘든 희귀한 이름처럼 들릴지도 모르지만, 사실은 세 직원이 각자의 성격이나 특징을 잘 표현한다고 생각해서 서로에게 붙여 준 별명이다. 터키, 즉 칠면조는 내 또래의, 그러니까 예순이 머지않은 키가 작고 뚱뚱한 영국 남자였다. 아침에 그의 얼굴은 보기 좋게 발그레하다고 말할 수 있을 것이다. 그러나 점심

시간인 12시, 정오 이후에는 마치 크리스마스에 석탄이 가득한 벽난로처럼 타올랐고, 내가 더 이상 그 얼굴의 주인을 볼 필요가 없어지는 **오후** 6시 무렵이 될 때까지 계속 타오르긴 하되 말하자면 점차 사그라졌다. 그것은 태양과 함께 절정에 달했다가 태양과 함께 지고, 다음 날도 비슷하게 규칙적으로 여전히 찬란하게 다시 떠올라서 절정을 이루었다가 다시 지는 것처럼 보였다. 나는 살면서 많은 독특한 우연의 일치를 접했는데, 그중에서도 빠지지 않는 우연의 일치는 터키가 붉게 빛나는 얼굴에서 최대치의 빛을 뿜어내는 바로 그때, 그 결정적인 순간에 내가 보기에 24시간 중 나머지 시간 동안 그의 업무 능력에 심각한 지장이 생기는 시기 또한 시작된다는 사실이다. 그가 절대적으로 게으르거나 일하기 싫어한다는 것은 아니다. 오히려 그 반대다. 문제는 그가 지나치게 기운이 뻗치는 경향이 있다는 거였다. 그의 행동에는 뭔가 이상하고, 격앙되고, 수선스럽고, 경박한 무모함 같은 것이 있었다. 그는 조심성 없이 잉크병에 펜을 담그곤 했다. 내 문서에 생긴 얼룩은 모두 12시, 정오 이후에 떨어진 잉크 방울들이었다. 그는 오후 시간이 되면 무모해지고 애석하게도 얼룩을 만드는 버릇이 있을 뿐 아니라, 어떤 날은 거기에 그치지 않고 다소 시끄러워졌다. 그럴 때면 마치 무연탄 위에 촉탄*을 쌓은 것처럼 그의 얼굴 역시 더욱 뻘겋게 타올라 가히 장관을 이루었다.

* 유연탄의 일종으로 기름 성분이 많아서 발화성이 좋고 밝게 탄다.

그는 의자로 불쾌하고 시끄러운 소리를 냈고, 모래통을 엎었으며, 조급하게 펜을 수리하다가 펜이 쪼개지자 갑자기 흥분해서는 바닥에 내동댕이치기까지 했다. 또한 벌떡 일어서서 책상 위로 몸을 숙이고 더없이 볼썽사나운 방식으로 서류들을 사방으로 헤쳐 놓곤 했는데, 그처럼 나이 든 사람이 그러는 걸 보면 참 딱하게 느껴졌다. 그럼에도 그는 많은 면에서 나에게 더없이 소중한 사람이었고, 12시 정오가 되기 전까지는 가장 빠르고 꾸준하면서도 필적하기 어려울 만큼 엄청난 양의 업무를 해냈다. 이런 이유로 나는 그의 기이한 행동을 눈감아 줄 용의가 있었지만, 가끔은 그에게 충고를 건네기도 했다. 그럴 때마다 아주 부드럽게 말했는데, 왜냐하면 그는 아침에는 가장 예의 바르고, 아니 가장 온화하고 가장 공손한 사람이지만, 오후에는 자극을 받으면 혀를 다소 경솔하게 놀리고 사실 무례해지는 경향이 있기 때문이었다. 그래서 나는 그의 오전 업무를 높이 평가하고 그것을 잃지 않기로 작정했지만 동시에 12시 이후에 그의 격앙된 방식에 불편함을 느끼는 상태였다. 그런데 매사에 원만함을 추구하는 평화주의자로서, 나는 내 충고로 인해 그가 꼴사나운 말대꾸를 하게 되는 상황을 원치 않았기 때문에 어느 토요일 오후 (그는 항상 토요일에 상태가 더 나빠졌다) 그에게 아주 친절하게, 이제 나이도 있으니 업무를 좀 줄이는 게 좋을 것 같다고 운을 떼었다. 요컨대 12시 이후에는 사무실에 있을 필요가 없으니, 점심을 먹은 뒤엔 숙소로 가서 티타임까지 쉬는 게 최선이라는 것이었다. 그러나 그는 한사코 아니라며, 헌신적인 오후 근무를 고집

했다. 그는 참을 수 없을 만큼 열정적인 표정이 되어서는 긴 자로 사무실 맞은편을 가리키며 마치 연설을 하듯, 자신의 업무가 오전에 유용하다면 저녁에는 얼마나 필수적이겠냐며 내게 장담했다.

이 기회에 터키가 말했다. "외람되지만, 저는 제가 변호사님의 오른팔이라고 생각합니다. 아침에는 부대를 정렬하고 배치하지만, 오후에는 선두에 서서 이렇게 용감하게 적에게 돌진하지요!" 그리고 그는 긴 자로 맹렬하게 찌르는 동작을 했다.

"하지만 터키, 그 얼룩 말일세." 나는 넌지시 일러 주었다.

"사실입니다. 하지만 변호사님, 외람되지만 이 머리를 보십시오! 저는 늙어 가고 있습니다. 변호사님, 희끗희끗한 머리를 생각하면 분명 따스한 오후에 얼룩 한두 방울이 심각하게 다그칠 일은 아니라고 사료됩니다. 늙은 나이는 — 비록 서류에 얼룩을 만들지만 — 고결한 것입니다. 외람되지만, 변호사님, 우리 **둘 다** 늙어 가고 있잖습니까."

이렇게 동질감에 호소하는 데는 저항하기 힘들었다. 게다가 나는 그가 무슨 일이 있어도 떠나지 않을 것임을 알았다. 그래서 터키를 그냥 있게 하고 대신 오후에는 그가 덜 중요한 문서 작업을 하게끔 조처하기로 마음먹었다.

직원 명단의 두 번째 인물인 니퍼스, 즉 펜치는 구레나룻을 기르고 얼굴이 누렇게 뜬 스물다섯 살가량의 젊은이였는데, 전체적으로 다소 해적처럼 보였다. 나는 항상 그가 두 가지 사악한 힘 — 야심과 소화불량 — 의 희생자라라고 생각했다. 야심은 한

낱 필경사의 직무를 참을 수 없어 하는 것과 법률 문서 원안 작성 같은 엄격하게 전문적인 업무를 부당하게 넘보는 것에서 분명하게 나타났다. 소화불량은 그가 이따금 보이는 긴장된 조급증과 치아를 드러낼 정도로 짜증을 내는 모습에서 나타나는 것 같았다. 그래서 작업을 하다가 실수라도 저지르면 귀에 들리도록 이를 갈았고, 업무가 한창일 때 특히 책상 높이에 대한 끊임없는 불만 때문에 불필요한 상소리를 (말한다기보다) 씩씩거리며 내뱉곤 했다. 기계적으로 비상한 손재주를 가졌음에도 불구하고, 니퍼스는 책상을 자신에게 결코 맞출 수 없었다. 밑에 나무토막이나 다양한 종류의 받침, 판지 조각 따위를 고여 보기도 하고, 마지막으로 압지를 접어서 끼워 넣기까지 했다. 그러나 어떤 발명품도 효과가 없었다. 등을 편하게 할 요량으로 책상 한쪽이 턱까지 올라올 만큼 날카로운 각도로 세워 두고 네덜란드 가옥의 가파른 지붕을 책상으로 사용하는 사람처럼 거기서 글을 쓰면, 팔에 피가 안 통한다고 했다. 그래서 책상을 허리띠 높이로 낮추고 책상 위로 몸을 숙이고 글을 쓰면 등이 아프다고 했다. 요컨대 사실 니퍼스는 자신이 무엇을 원하는지 몰랐다. 아니, 만일 그가 원하는 게 있다면 그건 필경사 책상을 아예 치워 버리는 것이었다. 그의 병적인 야심은 그가 고객이라고 부르는 허름한 코트 차림의 정체가 불분명해 보이는 사람들이 찾아오는 것을 좋아한다는 점에서도 드러났다. 사실 나는 그가 때로는 구(區)에서 무시하지 못할 정치인인 데다 가끔은 치안법원* 에서 약간의 일을 하고 있으며 뉴욕 구치소 주변에서 제법 알려진 인물이라는 것을 알았다. 그럼에도 내게는 내 사무실로 니퍼스를 찾아온 한 사람, 니퍼스가 당당한 태도로 자신의 고객이라고 주장한 그 사람이 사실 다름 아닌 빚쟁이이고, 부동산 문서라고 주장하는 것이 사실 어음이라고 믿을 만한 이유가 있었다. 그러나 그의 모든 단점과 그가 내게 초래하는 성가심에도 불구하고, 니퍼스는 동료인 터키와 마찬가지로 내게 매우 유용한 사람이었다. 깔끔하고 빠른 글씨, 그리고 마음만 먹으면 신사다운 행실에 있어서도 모자람이 없었다. 한 가지 덧붙이자면, 그는 항상 신사처럼 옷을 입었고, 그래서 부수적으로 내 사무실에 신뢰감 있는 인상을 주었다. 반면 터키의 경우는, 나는 그가 내 오점이 되지 않도록 신경을 곤두세워야 했다. 그의 옷은 기름기로 번들거렸고 싸구려 식당 냄새가 났다. 그는 여름에는 아주 헐렁하고 자루처럼 축 늘어진 바지를 입었다. 그의 코트는 형편없었고 모자는 손댈 수도 없는 지경이었다. 그러나 남의 밑에서 일하는 영국인으로서 타고난 예의와 공손함으로 사무실에 들어오는 순간 항상 모자를 벗는다는 점을 고려하면 그의 모자는 내게 중요하지 않았다. 그러나 코트의 경우는 문제가 달랐다. 나는 코트에 관해 그를 설득했지만 통하지 않았다. 짐작건대 소득이 적은

* 일반 법원 아래에 위치한 하급 법원으로, 주로 경범죄와 일정 액수 이하의 소액 민사 소송에 대한 재판권을 가지며, 변호사 자격이 없는 일반인 중에 임명된 치안판사가 재판을 담당한다.

사람이 그토록 광택 있는 얼굴과 광택 있는 코트를 동시에 뽐낼 여력은 없었을 것이다. 언젠가 니퍼스가 말한 것처럼, 터키의 돈은 주로 싸구려 적포도주를 사는 데 들어갔다. 어느 겨울날 나는 터키에게 내가 입던 꽤 훌륭해 보이는 코트를 선물했다. 속에 솜을 넣어서 아주 편안하고 따스한 회색 코트였는데, 무릎에서 목까지 일자로 단추를 채우게 되어 있었다. 나는 터키가 내 호의에 감사하며 오후 시간의 무분별함과 소란스러움을 줄일 거라고 생각했다. 그러나 아니었다. 그렇게 푹신한 담요 같은 코트 단추를 끝까지 채우는 것이 그에게 해로운 영향을 미쳤다고 나는 진정으로 믿는다. 너무 많은 귀리가 말에게 안 좋은 것과 같은 원리에서다. 사실 무분별하고 도무지 가만있지 못하는 말을 가리켜 귀리 때문에 힘이 넘쳐 날뛴다고 말하는 것처럼, 터키는 코트 때문에 힘이 넘쳐 날뛰었다. 코트가 그를 오만방자하게 만든 것이다. 그는 물질적 풍요가 독이 되는 부류의 사람이었다.

나는 터키의 방종한 습관에 관해서는 나름대로 짐작하고 있었지만, 니퍼스에 관해서는 그가 다른 면에서 어떤 잘못을 하든 적어도 술만큼은 절제할 줄 아는 젊은이라고 믿었다. 그러나 사실은 그가 태어날 때 조물주가 나중에 따로 술을 마실 필요가 없을 정도로 브랜디처럼 성마른 기질을 꽉꽉 채워 준 것 같았다. 니퍼스는 가끔 고요한 사무실에서 신경질적으로 벌떡 일어나서 책상 위로 몸을 숙이고 팔을 쫙 벌려 책상 전체를 붙잡고는 흡사 바닥에 책상 다리를 갈아 대는 듯한 오싹한 동작으로 이리저리 움직이고 잡아당기곤 했다. 마치 책상이 그를 방해하며 화를 돋우려고 혈안이 된 비뚤어진 자유 행위자라도 되는 것처럼 말이다. 그 모습을 생각하면, 나는 니퍼스에게는 물 탄 브랜디가 전혀 필요 없었다고 확신한다.

나로서는 다행히도, 소화불량이라는 특유의 원인으로 인한 니퍼스의 성마름과 신경질은 주로 오전에 나타나는 반면 오후에는 비교적 유순해졌다. 그러니까 터키의 발작은 열두 시 정도에 시작되기 때문에, 나는 두 사람의 기행을 동시에 직면할 필요가 없었다. 그들의 발작은 보초를 서듯 교대로 일어났다. 니퍼스가 시작하면 터키는 멈추었고, **또 반대로** 터키가 시작하면 니퍼스가 멈추었다. 그런 상황에서 이것은 썩 괜찮은 자연적인 배열이었다.

직원 명단의 세 번째 인물인 진저너트는 열두 살가량의 소년이었다. 그의 아버지는 짐마차 마부였는데 죽기 전에 아들이 짐마차 대신 판사석에 앉는 것을 보겠다는 야망이 있었다. 그래서 법을 배우는 학생 겸 심부름 소년 겸 세탁부 겸 청소부로 아들을 주당 1달러에 내 사무실로 보냈다. 진저너트에겐 작은 자기 책상이 있었지만 별로 사용하지 않았다. 책상을 검사해 보면 서랍에 다양한 종류의 견과류 껍질이 수북했다. 사실 이 명민한 소년에게는 법학이라는 고상한 학문 전체가 하나의 견과류 껍질에 담겨 있는 것처럼 간단명료했다.* 진저너트의 업무 중에 적

---

* "in a nut shell"(간결하게, 간단하게)이라는 표현을 이용한 말장난.

지 않은 부분이자 그가 가장 민첩하게 마치는 업무는 터키와 니퍼스를 위해 과자와 사과를 조달하는 것이었다. 법률 문서를 필사하는 일은 무미건조하고 목이 자주 마르는 일로 유명해서, 나의 두 필경사는 세관과 우체국 근처의 수많은 가판대에서 파는 스피첸버그 사과로 꽤 자주 입을 적시고 싶어 했다. 또한 그들은 매우 빈번하게 진저너트에게 아주 매콤한 맛이 나는 작고 동글납작한 모양의 특이한 과자를 사 오라는 심부름을 시켰고, 소년에게 그 과자의 이름을 별명으로 붙여 주었다. 업무가 지루하게만 느껴지는 쌀쌀한 오전이면, 터키는 마치 웨이퍼 따위를 먹듯 이 과자를 수십 개씩 먹어 치우곤 했고—사실 그것은 1페니에 여섯 개 또는 여덟 개씩 팔았다—그가 펜을 긁적이는 소리가 입으로 바삭한 조각을 오도독오도독 깨무는 소리와 뒤섞이곤 했다. 후끈후끈한 오후에 터키가 저지른 황당한 실수와 경거망동 중 하나는 봉인을 한답시고 생강 쿠키를 입술 사이에 넣어 적셔서 저당 증서에 붙인 것이었다. 그때 나는 그를 거의 해고하기 직전까지 갔다. 그러나 그는 동양식으로 허리를 굽혀 절하며 "외람되지만 변호사님, 제가 기꺼이 제 사비로 변호사님께 사무비품을 조달해드린 것입니다만"이라고 말함으로써 나를 누그러뜨렸다.

내가 형평법원 서기관 자리를 얻게 됨으로써 이제 부동산 양도 업무와 소유권 추적, 각종 난해한 문서 작성을 전문으로 하는 변호사로서 내 본업이 상당히 증가했다. 이제 필경사들이 할 일이 무척 많아졌다. 나는 기존의 직원들을 다그쳐야 할 뿐 아니라 추가적인 도움도 구해야 했다. 어느 날 아침 내가 낸 광고를 보고 찾아온 한 청년이 사무실 문지방을 밟고 가만히 서 있었다. 여름이어서 문이 열려 있었다. 그 모습이 아직도 눈에 선하다. 파리한 듯 깔끔하고, 측은한 듯 점잖고, 구제불능으로 쓸쓸해 보이는 모습! 그것이 바틀비였다.

그의 자격에 대해 몇 마디를 나눈 뒤 나는 그를 고용했고, 내 필경사 사단 중에 그토록 특이하게 차분한 측면을 가진 사람을 두게 된 것이 기뻤다. 그런 측면이 터키의 경박한 기질과 니퍼스의 불같은 기질에 유익하게 작용할 거라고 생각한 것이다.

미리 말했어야 하는데, 내 사무실 공간은 반투명 유리 접이문에 의해 두 부분으로 나뉘어 있었는데 한쪽은 필경사들이, 다른 한쪽은 내가 차지하고 있었다. 내 기분에 따라 이 문을 열어 놓거나 닫아 두었다. 나는 바틀비에게 접이문 옆의 한구석에 자리를 배정하되 사소한 일을 처리해야 할 때 이 조용한 남자를 부르기 쉽도록 내 공간 쪽에 두기로 했다. 그의 책상을 사무실의 그쪽에 있는 작은 측면 창 가까이에 배치했다. 원래는 이 창문에서 검댕이 덮인 벽돌집들과 뒤뜰의 측면이 보였는데, 나중에 지은 구조물들 때문에 지금은 아무것도 보이지 않았지만 그래도 이곳을 통해 어느 정도 빛은 들어왔다. 유리창으로부터 1미터도 채 떨어지지 않은 곳에 벽이 있었고, 한참 위쪽에서 높다란 두 건물 사이로 빛이 내리비쳤는데 마치 반구형 지붕의 아주 작은 틈을 통해 들어오는 빛처럼 느껴졌다. 여기서 더욱 만족스러운 배열을 위해 바틀비를 내 시야에서 완전히 차단하면서도 내 목소리는 들리도록 높은 초록색 접이식 가림막을 구했다. 그래서 어느 정도 사생활과 사회생활이 공존하도록 했다.

처음에 바틀비는 범상치 않게 많은 양을 필사했다. 마치 오랫동안 필사할 뭔가에 굶주린 것처럼, 내 서류들을 게걸스럽게 먹어 치우는 것처럼 보였다. 소화시키기 위해 잠시 멈추는 법도 없었다. 낮에는 햇빛으로, 밤에는 촛불을 켜고 밤낮으로 끊임없이 필사했다. 그가 쾌활한 모습으로 근면하게 일했다면 나는 무척 기뻤을 것이다. 그러나 그는 창백한 모습으로 조용히 기계적으로 계속 쓰기만 했다.

당연하게도, 자신이 필사한 내용이 정확한지 한 자 한 자 확인하는 것은 필경사의 업무에서 빼놓을 수 없는 부분이다. 한 사무실에 필경사가 두 명 이상 있다면, 그들은 한쪽이 필사본을 읽고 다른 쪽이 원본을 붙들고 있는 방식으로 검토하며 서로를 돕는다. 그것은 무척 따분하고 지겹고 무기력한 업무다. 활발한 사람에게는 전적으로 참을 수 없는 일이라는 것을 쉽게 상상할 수 있다. 예를 들어 바이런 같은 혈기왕성한 시인이 바틀비와 기꺼이 앉아서 꼬부랑글씨로 빽빽이 채워진 500장의 법률 문서를 검토했다고 하면 나로서는 믿을 수 없을 것이다.

이따금 일이 급할 때면 나는 터키나 니퍼스를 불러서 몇몇 짧은 문서를 대조하는 것을 직접 돕는 습관이 있었다. 내가 바틀비를 나와 가까운 가림막 뒤에 배치한 목적 중 하나는 그런 사소한 경우에 써먹기 위해서다. 내가 그의 필사본을 검토할 필요성이 아직 없었던, 아마도 그가 나와 함께 지낸 지 사흘째쯤 되던 날, 나는 급하게 처리해야 할 작은 업무가 생겨서 갑자기 바틀비를 불렀다. 워낙 마음이 급한 데다 당연히 그가 즉각적으로 부름에 응할 것을 예상하고, 나는 책상에서 원본 위로 고개를 숙인 채로 오른손을 옆으로 빼서 다소 초조하게 사본을 내밀고 있었다. 바틀비가 자신의 안식처에서 나오자마자 사본을 낚아채서 조금의 지체도 없이 업무에 돌입할 수 있게 하려는 요량에서였다.

바로 이런 자세로 앉아 나는 그를 부르며 그에게 무엇을 원하는지를, 즉 짧은 문서를 나와 함께 검토하자고 신속하게 말했다. 그런데 바틀비가 그의 사적인 공간에서 움직이지도 않고 특유의 부드러우면서도 단호한 목소리로 "저는 안 하는 쪽을 택하겠습니다"라고 대답했을 때, 나의 놀라움, 아니, 경악스러움을 상상해 보라.

나는 한동안 아무 말 없이 앉아서 충격으로 멍해진 정신을 추스르려 했다. 곧 내 귀가 나를 속였거나 아니면 바틀비가 내 말을 완전히 오해했다는 생각이 들었다. 그래서 내가 낼 수 있는 가장 또렷한 목소리로 요청을 반복했다. 그러나 이전의 대답만큼이나 사뭇 또렷하게 대답이 나왔다. "저는 안 하는 쪽을 택하겠습니다."

"안 하는 쪽을 선택하겠다." 나는 그 말을 되뇌며 몹시 흥분한 상태로 벌떡 일어나서는 성큼성큼 방을 가로질러 걸어갔다. "그게 무슨 뜻인가? 자네 실성한 거 아닌가? 난 자네가 여기서 이 서류 대조 작업을 돕길 바라네. 자, 받게." 그러면서 나는 그를 향해 문서를 들이밀었다.

"저는 안 하는 쪽을 택하겠습니다." 그가 말했다.

나는 그를 계속 노려보았다. 그의 얼굴은 야위고 차분했고, 회색 눈은 흐릿하고 고요했다. 그를 흔드는 약간의 동요도 없었다. 그의 태도에 불편함이나 분노, 성마름이나 무례함이 약간이라도 있었다면, 다시 말해 평범하게 그에게 어떤 인간적인 면이라도 있었다면, 의심의 여지 없이 그를 난폭하게 사무실에서 추방했을 것이다. 그러나 그런 상황에서는 차라리 창백한 키케로 석고 상반신상을 쫓아내는 편이 나았을 것이다. 그가 필사를 계속하는 동안, 나는 한동안 그를 응시하며 서 있다가 책상에 다시 앉았다. 나는 생각했다. 정말 이상하군. 어떻게 했어야 했지? 그러나 나는 서둘러 업무를 처리해야 했기 때문에, 당장은 그 문제를 잊어버리고 나중에 한가한 시간까지 보류하기로 결정했다. 그래서 다른 방에서 니퍼스를 불러서 서류를 빠르게 검토했다.

이 일이 있고 며칠 뒤, 바틀비는 네 부의 긴 문서를 마쳤다. 형평고등법원에서 내 앞으로 할당된 일주일치 증언을 네 번 똑같이 베낀 것이었다. 이제 그것을 검토할 필요가 있었다. 그것은 중요한 소송이었고 굉장한 정확성이 필수였다. 모든 상황을 정리한 뒤, 나는 내가 원본을 읽는 동안 직원 네 명의 손에 필사본 네 부를 하나씩 쥐여 줄 요량으로 터키와 니퍼스, 진저너트를 옆방에서 불렀다. 그에 따라 터키와 니퍼스, 진저너트가 각자 손에 문서를 들고 일렬로 자리에 앉았을 때, 내가 바틀비를 불러 이 흥미로운 집단에 합류하라고 했다.

"바틀비! 빨리. 기다리고 있네."

그의 의자 다리가 카펫이 깔리지 않은 바닥을 천천히 긁는 소리가 들리더니, 곧 그가 은둔처 입구에 나타났다.

"무엇을 원하시죠?" 그가 부드럽게 물었다.

"필사본, 필사본 말일세." 내가 다급하게 말했다. "우린 필사본을 검토할 걸세. 여기." 내가 네 부 중 하나를 그에게 내밀었다.

"저는 안 하는 쪽을 택하겠습니다." 하고는, 그는 살며시 가림막 뒤로 사라졌다.

몇 분 동안 나는 소금 기둥으로 변해서 일렬로 앉아 있는 직원들의 앞에 서 있었다. 정신을 수습하고, 나는 가림막을 향해 걸어가서 그렇게 이상하게 행동하는 이유가 뭐냐고 물었다.

"거부하는 **이유가** 뭔가?"

"저는 안 하는 쪽을 택하겠습니다."

누구건 다른 사람이 그랬다면, 나는 지독한 격분에 빠져서 더 이상 아무 말도 못 하게 하고 내 면전에서 수치스럽게 쫓아 버렸을 것이다. 그러나 바틀비에게는 이상하게 나를 무장해제시킬 뿐 아니라 신기한 방식으로 마음을 움직이고 당황스럽게 만드는 뭔가가 있었다. 나는 그에게 알아듣게 설명하기 시작했다.

"지금 우리가 검토하려는 건 바로 자네의 필사본일세. 한 번의 검토로 자네가 필사한 문서 네 부를 보증할 테니, 자네의 노동을 줄여 주는 일이야. 흔히 이용하는 방법이기도 하고 말일세. 모든 필경사들은 자신의 필사본을 검토하는 작업을 돕게 되어 있네. 안 그런가? 말을 안 할 셈인가? 대답해 보게!"

"저는 안 하는 쪽을 택하겠습니다." 그가 플루트 같은 목소리로 대답했다. 내가 그에게 말하는 동안 그는 내가 하는 모든 말에 주의 깊게 집중하는 것처럼 보였다. 내 말의 취지를 완전히 이해했고 거부할 수 없는 결론임을 부정할 수는 없지만, 동시에 가장 중요한 어떤 고려 사항 때문에 그렇게 대답할 수밖에 없는 것 같았다.

"그럼 자네는 내 요청에 응하지 않을 셈인가? 관례와 상식에 따른 요청인데도?"

그는 그 점에 대해서는 내 판단이 옳다고 간략하게 알려 주었다. 그렇다. 정녕 그의 결정은 돌이킬 수 없는 것이었다.

사람이 전례 없이 난폭하고 비합리적인 방식으로 위협을 당할 때, 가장 분명한 신념이 흔들리기 시작하는 경우가 드물지 않다. 말하자면 그 신념이 아무리 훌륭해도 모든 정의와 모든 이성이 저쪽에 있다는 생각이 어렴풋이 들기 시작하는 것이다. 따라서 누구든 객관적인 사람이 그 자리에 있다면, 그는 흔들리는 마음을 다잡기 위해 그들에게 의지한다.

"터키, 이 문제를 어떻게 생각하나? 내가 틀린 건가?" 내가 말했다.

"외람되지만, 저는 변호사님이 옳다고 생각합니다." 터키가 최대한 온화한 목소리로 말했다.

"니퍼스, **자네는** 어떻게 생각하나?"

"저는 저자를 사무실에서 쫓아내야 한다고 생각합니다."

(통찰력이 좋은 독자라면 이때가 오전이라서 터키의 대답은 예

의 바르고 차분한 반면, 니퍼스는 성마른 방식으로 대답한다는 것을 인식할 것이다. 또는 이전의 표현을 빌리자면, 니퍼스는 험악한 기분이 교대 근무 중이었고 터키는 근무가 끝났다.)

“진저너트, 너는 어떻게 생각하니?” 아무리 하찮은 의견이라도 기꺼이 내 편으로 동원하고 싶은 마음에 내가 말했다.

“제 생각엔, 저분이 좀 **실성하신** 것 같습니다.” 진저너트가 싱긋 웃으며 대답했다.

나는 가림막을 향해 돌아서며 말했다. “자네도 들었으니, 나와서 자네의 임무를 수행하게.”

그러나 그는 아무 대답도 내려 주지 않았다. 나는 불쾌하고 당황스러워하며 잠시 생각했다. 하지만 이번에도 업무가 나를 재촉했다. 그래서 또다시 이 딜레마를 고려하는 일은 나중에 한가한 시간으로 미루기로 했다. 조금 고생하긴 했지만, 우리는 바틀비 없이 서류를 검토해 냈다. 그러나 한두 페이지를 끝낼 때마다 터키는 공손하게 이것이 흔치 않은 방식이라는 의견을 은근슬쩍 내비치는 한편, 니퍼스는 소화불량으로 인해 신경질적으로 의자에서 몸을 씰룩이고 이를 갈며 가림막 뒤의 고집쟁이 미련퉁이에게 가끔 씩씩거리며 나지막이 상소리를 내뱉었다. 그리고 자신이 대가 없이 남의 업무를 대신 해 주는 건 이번이 처음이자 마지막일 거라고도 했다.

그동안 바틀비는 자신의 고유한 업무 외에는 어떤 것도 염두에 두지 않고 자신만의 은둔처에 앉아 있었다.

그 후로 며칠이 지났고, 바틀비는 또 다른 긴 작업에 전념하고 있었다. 그가 최근에 보인 눈에 띄는 행동이 나로 하여금 그의 행동을 면밀히 지켜보도록 이끌었다. 나는 그가 점심을 먹으러 가는 법이 없다는 것을 관찰했다. 사실 그는 어디에도 가는 법이 없었다. 내가 알기로, 그때까지 그는 사무실 밖으로 나간 적이 없었다. 그는 구석 자리의 붙박이 보초였다. 그러다 오전 열한 시 정도가 되면 진저너트가 바틀비의 가림막 입구를 향해 다가간다는 것을 나는 알아챘다. 마치 내가 앉아 있는 곳에서는 볼 수 없는 손짓으로 그쪽에서 조용히 부름을 받은 것 같았다. 그러면 소년은 몇 펜스를 짤랑이며 사무실에서 나갔다가 생강 쿠키를 한 줌 가지고 나타나서 그의 은둔처로 배달한 뒤 수고의 대가로 쿠키 두 조각을 받았다.

나는 생각했다. 그렇다면 그 친구는 생강 쿠키를 먹고 사는군. 제대로 말하자면 식사를 하는 적이 없어. 그럼 채식주의자가 분명해. 하지만 그것도 아냐. 채소도 먹은 적이 없고, 생강 쿠키 외에는 아무것도 먹지 않으니까. 당시 나는 오직 생강 쿠키만 먹고 살면 사람의 체질에 어떤 영향을 미칠 수 있을지에 관한 몽상에 빠졌다. 생강 쿠키는 생강을 특유의 성분이자 최종적인 풍미를 주는 성분으로 함유하기 때문에 그런 이름이 붙었다. 그런데 생강이란 무엇인가? 화끈하고 매운 것이다. 바틀비가 화끈하고 매운가? 전혀 아니다. 그렇다면 생강은 바틀비에게 어떤 영향도 미치지 않았다. 어쩌면 바틀비가 그것이 어떤 영향도 미치지 않는 쪽을 택했을 것이다.

수동적인 저항만큼 열성적인 사람을 짜증나게 하는 것도 없다. 저항을 당하는 개인의 기질이 비인간적이지 않고 저항하는 쪽의 수동성이 전적으로 무해한 경우, 전자가 기분이 좋을 때는 자신의 판단으로 해결하기가 불가능하다고 판명된 것을 상상력으로 관대하게 해석하려고 노력할 것이다. 나는 바틀비와 그의 방식을 대부분 존중했다. 나는 생각했다. 불쌍한 친구! 그 친구는 해를 입힐 의도는 없어. 무례하게 굴 의도가 아닌 게 분명해. 그의 용모는 그의 기행이 본의가 아닌 것을 충분히 증명해. 그리고 그는 내게 유용하지. 난 그 친구와 잘 지낼 수 있어. 내가 만일 그 친구를 퇴짜 놓으면, 그 친구는 너그럽지 못한 고용주를 만나게 되어 무례한 취급을 당하고 아마 비참한 기아 상태에 내몰릴 거야. 그래. 여기서 나는 기분 좋은 자기만족을 값싸게 살 수 있어. 바틀비와 친구가 되고, 이상한 고집이 있는 그의 비위를 맞춰 주면 나는 거의, 또는 전혀 대가를 치르지 않으면서 결국 감미로운 양심 한 조각으로 입증될 것을 내 영혼에 비축해 둘 수 있지. 그러나 이런 내 기분이 변함없이 유지되었던 건 아니다. 바틀비의 수동성이 가끔은 나를 짜증나게 했다. 나는 이상하게도 새로운 대치 상황에서 그와 맞닥뜨리고 나의 분노에 상응하는 분노의 불꽃을 그에게서 이끌어 내고 싶은 충동을 느끼곤 했다. 그러나 사실은 윈저 비누* 조각에 주먹을 문질러 불을 붙이려고 시도하는 편이 차라리 나았을 것이다. 그러나 어느 날

* 향이 좋고 거품이 풍성하게 생기는 고급 비누.

오후 내 안의 사악한 충동이 나를 지배했고, 그래서 다음과 같은 작은 소동이 뒤따랐다.

"바틀비, 이 서류를 모두 필사하면 내가 자네와 대조를 할 참이네." 내가 말했다.

"저는 안 하는 쪽을 택하겠습니다."

"왜? 설마 끝까지 그런 별난 황소고집을 부리려는 것은 아니겠지?"

대답이 없었다.

나는 근처에 있는 접이문을 열어젖히고 터키와 니퍼스를 보며 격앙된 목소리로 언성을 높였다.

"저 친구가 두 번이나 자기가 필사한 서류를 검토하지 않겠다는군. 어떻게 생각하나, 터키?"

기억해 둘 게 있는데, 그때는 오후였다. 터키는 놋쇠 주전자처럼 벌겋게 달아올라 대머리에서 김을 뿜어내며 앉아 있었고, 두 손은 얼룩진 서류들 사이를 정신없이 배회하고 있었다.

"생각이요?" 터키가 고함쳤다. "가림막 뒤로 들어가서 저 녀석의 눈탱이를 밤탱이로 만들어야겠다고 생각합니다!"

말하면서 터키는 일어나서 팔을 들어 올려 권투 자세를 취했다. 그가 약속을 실행하려 서둘러 움직이는 순간, 경솔하게 점심시간 이후에 터키의 호전성을 자극한 효과에 깜짝 놀란 내가 그를 저지했다.

"앉게, 터키. 그리고 니퍼스가 어떻게 말하는지 들어 보세. 자네는 어떻게 생각하나, 니퍼스? 바틀비를 즉시 해고하는 게 정당하지 않겠나?"

"실례지만, 그건 변호사님이 결정할 문제입니다. 저는 바틀비의 행동이 상당히 특이하고, 사실 터키 씨나 저와 관련해서는 부당하다고 생각합니다. 하지만 어쩌면 그냥 지나가는 변덕일 수도 있지요."

"어허, 자네는 이상하게 마음이 바뀌었군. 이제는 저 친구에 대해 관대하게 말하는구만."

"다 맥주 덕분이죠." 터키가 큰 소리로 말했다. "관대함은 맥주의 효과랍니다. 니퍼스하고 저는 오늘 함께 점심을 먹었거든요. **제가** 얼마나 관대한지 아시겠죠. 제가 가서 눈탱이를 밤탱이로 만들까요?"

"바틀비를 말하는 거겠지. 아니, 오늘은 아니야, 터키." 내가 대답했다. "제발 주먹 좀 치우게나."

나는 문을 닫고 다시 바틀비를 향해 다가갔다. 나는 또 한 번 운명에 도전하고 싶은 유혹을 느꼈다. 또다시 저항을 당하고 싶어서 안달이 났다. 나는 바틀비가 사무실을 떠난 적이 없다는 사실을 떠올렸다.

"바틀비, 지금 진저너트가 사무실에 없네. 우체국에 좀 가서 (도보로 겨우 3분 거리였다) 나에게 온 우편물이 있는지 확인해 주겠나?"

"저는 안 하는 쪽을 택하겠습니다."

"**안 하겠다**는 말인가?"

"안 하는 쪽을 **택한다**는 말입니다."

나는 비틀거리며 책상으로 돌아와서 자리에 앉아 깊은 상념에 빠졌다. 또다시 나의 맹목적인 집요함이 도졌다. 내가 이 깡마른 빈털터리, 나의 직원에게 치욕스럽게 퇴짜를 당하기 위해 동원할 수 있는 것이 또 뭐가 있을까? 완전히 합리적이면서 그가 거절할 것이 확실시되는 일이 또 뭐가 있을까?

"바틀비!"

대답이 없었다.

"바틀비." 더 크게 불렀다.

대답이 없었다.

"바틀비!" 내가 고함을 질렀다.

마치 주술적인 주문의 법칙에 따르는 유령처럼 세 번째 부름에 그가 자신의 은둔처 입구에 나타났다.

"옆방으로 가서 니퍼스에게 좀 오라고 말하게."

"저는 안 하는 쪽을 택하겠습니다." 그가 공손하게 천천히 말하고는 살며시 사라졌다.

"좋아. 잘 알겠네, 바틀비." 나는 머지않아 반드시 끔찍한 응징을 하겠다고 위협하듯이 차분하고 심각하고 침착한 목소리로 조용히 말했다. 그 순간은 정말 그럴 의도가 반쯤은 있었다. 그러나 저녁 식사 시간이 가까워지면서, 여러 가지를 고려할 때 그날은 당혹감과 정신적 고통을 적잖이 겪었으니 그냥 모자를 쓰고 집에 가는 것이 최선이라는 생각이 들었다.

내가 인정해야 할까? 이 일련의 사건을 거치며 결론적으로 우리 사무실에서 곧 기정사실화된 것들이 있다. 바틀비라는 이름의 한 창백한 젊은 필경사와 책상 하나가 사무실에 있다는 것, 그가 2절판 한 장(100단어)당 4센트라는 일반적인 요율로 나를 위해 필사를 하지만 자신이 필사한 문서를 검토하는 일에서 영구적으로 면제되었다는 것, 그 임무가, 바틀비보다 뛰어난 예리함에 대한 일종의 확실한 인정처럼, 터키와 니퍼스에게 전가되고 있으며, 더욱이 앞에서 말한 바틀비는 어떤 종류의 사소한 심부름도 가는 법이 없다는 것, 그리고 설령 그런 문제를 맡아 달라고 간청한다 해도 그는 안 하는 쪽을 택할 것임을, 다시 말해 딱 잘라 거절할 것임을 대체로 알고 있다는 것 말이다.

날이 갈수록 나는 바틀비에게 제법 만족하게 되었다. 그의 꾸준함과 방탕함이라고는 전혀 없는 삶, 부단한 근면함(가림막 뒤에 서서 공상에 잠기기로 선택할 때만 빼고), 극도의 고요함, 어떤 상황에서도 바뀌지 않는 행동 때문에 그를 발굴한 것이 횡재처럼 느껴졌다. 가장 중요한 장점 중 하나는 **그가 항상 거기 있다는 것**이었다. 그는 늘 아침에 첫 번째로 나와 있고, 낮 동안 계속 머물고, 밤에도 마지막까지 남아 있었다. 나는 그의 정직함에 특이할 정도로 신뢰를 갖고 있었다. 가장 중요한 서류가 그의 손에 있을 때 완벽하게 안심이 되었다. 물론 때로는 나도 어쩔 수 없이 별안간 돌발적 격노에 휩싸이게 되는 것을 피할 수 없었다. 바틀비가 사무실에 계속 남아 있기 위해 암묵적으로 내걸고 있는 조건인 셈인 그 이상한 특징과 특권과 전례 없는 면제들을 항상 명심하고 있기가 대단히 어려웠기 때문이다. 이따금 나는 긴급한 업무를 신속히 해치우고 싶은 마음에 나도 모르게 짧고 빠르게 바틀비를 부르곤 했다. 예를 들어 서류를 압축하기 위해 붉은 끈으로 묶기 시작하면서 그를 불러 매듭을 손가락으로 눌러 달라 부탁하는 식이었다. 물론 가림막 뒤에서는 여느 때와 다름없는 “저는 안 하는 쪽을 택하겠습니다”라는 대답이 나왔다. 그럴 때 어떻게 본연의 결함을 타고난 인간이 그런 완고함, 그런 비합리성 앞에서 격렬하게 소리치는 것을 자제할 수 있겠는가? 그러나 내가 이런 식의 퇴짜를 맞는 횟수가 늘어날 때마다 그런 부주의한 실수를 반복할 확률은 줄어드는 경향이 있었다.

여기서 한 가지 말해 둬야 할 것이 있는데, 많은 사람들이 사용하는 법무단지 건물의 사무실을 차지하고 있는 대부분의 법조계 신사들의 관습에 따라 내 사무실 문에는 열쇠가 여러 개 있었다. 하나는 다락방에 살면서 내 구역을 일주일에 한 번 걸레질하고 매일 비질과 총채질을 해 주는 여자가 보관했다. 다른 하나는 편의를 위해 터키가 보관했다. 세 번째 열쇠는 내가 가끔 주머니에 가지고 다녔다. 네 번째는 누가 가지고 있는지 몰랐다.

어느 일요일 아침, 나는 유명한 전도사의 설교를 듣기 위해 트리니티 교회에 가게 되었는데, 집에서 나와 보니 시간이 좀 일러서 사무실까지 잠시 산책을 해야겠다고 생각했다. 다행히 열쇠를 가지고 나왔다. 그런데 열쇠를 자물쇠에 넣었는데, 안에 삽입된 뭔가에 막혀 열쇠가 들어가지 않았다. 내가 놀라서 소리를 지르자, 경악스럽게도 안쪽에서 열쇠가 돌아가더니 바틀비가 문을 살짝 열고 마른 얼굴을 내밀며 유령처럼 나타났다. 그는 셔츠를 입고 있었지만 그 외에는 이상하게 헐벗은 옷차림이었고, 미안하지만 지금은 자신이 무척 바빠서 나를 안으로 들이지 않는 편을 택하겠다고 침착하게 말했다. 그러더니 나더러 근처를 두어 바퀴 돌고 오면 그때까지 아마 자신의 용무가 끝날지도 모르겠다고 짧게 한두 마디 덧붙였다.

그런데 죽은 사람처럼 창백하고 신사처럼 **태연**하면서 동시에 확고하고 침착한 태도로 일요일 아침 내 법률사무실을 점유하고 있는, 전혀 추측하지 못했던 바틀비의 출현은 나에게 이상한 영향을 미쳐서, 나는 곧바로 내 사무실의 문가에서 슬그머니 발길을 돌려 그가 바라는 대로 했다. 그러나 이 수수께끼 같은 필경사의 부드러운 뻔뻔함을 향한 무력한 반항심에 잡다한 심적인 고통을 느끼지 않은 건 아니었다. 실제로 나를 무장해제시켰을 뿐 아니라 나의 남자다움을 잃게 만든 것은 바로 그의 놀라운 부드러움이었다. 나는 자신이 고용한 직원이 지시를 하고 자신의 구역에서 떠나라고 명령하는 데도 그것을 조용히 용인하는 사람은 말하자면 한동안 남자다움을 잃는 거라고 생각한다. 게다가 나는 바틀비가 셔츠 외에는 옷을 거의 입지 않은 상태로 일요일 아침에 내 사무실에서 대체 무엇을 하고 있었을지에 대한 불편한 생각이 가득했다. 뭔가 잘못된 일이 벌어지고 있는 걸까? 아니, 그건 당찮은 일이었다. 바틀비가 비도덕적인 인물이라는 생각은 한시도 들지 않았다. 하지만 그렇다면 거기서 대체 뭘 하고 있었을까? 필사? 그것도 아니다. 바틀비의 행동이 아무리 기이해도, 그는 대단히 점잖은 사람이었다. 그는 나체에 가까운 상태로 책상에 앉을 사람이 아닐 것이다. 게다가 그날은 일요일이었고, 바틀비에게는 그가 어떤 세속적인 직업에 종사하고 있건 일요일의 예의범절을 위반했을 거라고 가정하지 못하게 만드는 무언가가 있었다.

그럼에도 나의 마음은 평온해지지 않았고 주체할 수 없는 호기심으로 가득해져서 결국 사무실로 돌아갔다. 나는 거침없이 열쇠를 꽂아 문을 열고 들어갔다. 바틀비는 보이지 않았다. 나는 불안하게 둘러보며 가림막 뒤를 엿보았지만, 그가 가고 없는 것은 아주 명백했다. 그 장소를 주의 깊게 살펴본 뒤, 나는 바틀비가 언제부턴가 내 사무실에서 먹고 입고 잤다고, 그것도 접시나 거울, 침대도 없이 그렇게 했다고 짐작했다. 한쪽 구석에 놓인 곧 무너질 듯한 낡은 소파의 쿠션에 비스듬히 누웠던 가녀린 형체의 흔적이 희미하게 남아 있었다. 나는 그의 책상 밑에 둘둘 말아 치워 둔 담요를 발견했다. 빈 벽난로 쇠살대 밑에는 구두약과 구둣솔, 의자 위에는 양철 대야와 비누, 닳아빠진 수건, 그리고 신문지로 싼 생강 쿠키 부스러기 몇 개와 약간의 치즈가 있었다. 나는 생각했다. 그래, 바틀비가 이곳을 집 삼아 오랫동안 혼자 살아온 게 분명해. 그 순간 이런 생각이 나의 뇌리를 스쳤다. 이곳에 얼마나 의지할 곳 없는 비참한 외로움이 드러나 있는가! 그의 가난은 대단하지만 그의 고독은 얼마나 끔찍한가! 생각해 보라. 월스트리트는 일요일마다 페트라*처럼 버려지고 밤

* 요르단 사막 지대에 위치한 고대 도시. 나바테아 왕국의 수도로 번영했다가 로마

마다 텅 빈다. 주중에는 산업과 삶으로 북적이는 이 건물도 밤이 되면 완전한 공허로 메아리치고, 일요일 내내 황량하게 버려진다. 그런데 바틀비는 이곳에 거주하고 있다. 그가 항상 사람들로 북적이는 것을 보았던 외딴 곳의 외로운 유령으로 말이다. 일종의 카르타고*의 폐허 사이에서 생각에 잠긴 무고하고 변형된 형태의 마리우스**처럼!

난생 처음으로 나는 가슴을 찌르는 압도적 우울감이 엄습하는 것을 느꼈다. 전에는 기분 나쁘지 않은 정도의 슬픔 말고는 경험한 적이 없었다. 그런데 지금 어떤 공통적인 인간으로서의 유대감이 저항할 수 없이 나를 우울로 몰아갔다. 형제애에서 비롯된 우울감! 나도 바틀비도 아담의 아들이기 때문이었다. 나는 그날 보았던 빛나는 고급 실크 옷들과 반짝이는 얼굴들을 떠올렸다. 미시시피강을 따라 미끄러지듯 나아가는 백조처럼 화려한 의상을 차려입고 브로드웨이를 유유히 오가는 사람들. 그리고 그 모습을 파리한 필경사와 비교하며 혼자서 생각했다. 아, 행복은 빛을 갈구하고, 그래서 우리는 세상이 즐겁다고 생각한다. 그러나 비참함은 멀찌감치 숨어 있어서 우리는 비참함이 거

제국에 의해 멸망했다.

* 기원전 146년에 로마군에게 멸망당한 북아프리카 해안의 고대 도시 국가.

** Gaius Marius(기원전 157~86). 로마의 장군이자 정치가로 술라와의 권력 다툼에서 패해 아프리카로 탈출한다. 1807년 존 밴덜린이 그린 「카르타고의 폐허에서 생각에 잠긴 마리우스」라는 그림이 있다.

기 없다고 생각하는구나. 이런 슬픈 공상—의심의 여지 없이 병들고 어리석은 두뇌의 망상—은 바틀비의 기행에 관한 다른 좀 더 특별한 생각들로 이어졌다. 이상한 발견을 할 것 같은 육감이 내 주위를 맴돌았다. 필경사의 창백한 형체가 떨리는 수의에 감싸인 채 무심한 낯선 이들 사이에 눕혀져 있는 모습이 보였다.

문득 나는 자물쇠에 열쇠가 꽂혀 있는 바틀비의 닫힌 책상에 이끌렸다.

나는 생각했다. 못된 장난을 치거나 비정한 호기심을 충족시키려는 의도는 없어. 게다가 이 책상은 내 것이며 책상의 내용물도 마찬가지잖아. 그러니까 대담하게 안을 들여다볼 거야. 모든 것이 질서 있게 정리되어 있었고, 종이도 가지런히 놓여 있었다. 서랍 칸막이가 깊었다. 나는 서류철을 꺼내고 우묵하게 들어간 곳을 더듬었다. 거기서 뭔가 만져졌고 그것을 끄집어냈다. 그것은 매듭지어 묶은 낡은 반다나 손수건이었는데 무게가 제법 묵직했다. 매듭을 풀어 보니 그것은 저금통이었다.

이제 나는 내가 그에게 주목했던 모든 조용한 수수께끼들을 떠올렸다. 그가 대답할 때를 제외하면 말을 한 적이 없다는 것, 가끔은 상당한 시간을 혼자 보내는데도 뭔가를—심지어 신문조차도—읽는 것을 본 적이 없다는 것, 한참 동안 가림막 뒤의 흐릿한 창문 앞에 서서 꽉 막힌 벽돌 벽을 바라보곤 한다는 것. 나는 그가 식당이건 매점이건 방문한 적이 없다고 거의 확신했고, 그의 창백한 얼굴은 그가 터키처럼 맥주를 마시거나 다른 남자들처럼 차나 심지어 커피도 마시지 않는다는 것을 분명하게 시사했다. 그는 내가 알 말한 어떤 특정한 장소에도 간 적이 없었으며, 실제로 지금 같은 경우를 제외하면 산책을 나가는 법이 없다는 것도 떠올렸다. 그가 자신이 누구인지, 어디 출신인지, 이 세상에 어떤 친척이라도 있는지에 대해 말하기를 거부했다는 것, 그리고 그토록 마르고 창백한데도 건강이 나쁘다고 불평한 적이 없다는 것. 그리고 무엇보다 나는 그의 어떤 무의식적인 파리한 — 뭐라고 말해야 할까? — 말하자면 파리한 오만함, 아니 그보다는 근엄한 과묵함이 나에게 경외감을 갖게 하여 그의 기행을 순순히 따르게 만들었다는 것, 그래서 그가 한참 동안 아무 움직임도 없는 것으로 보아 가림막 뒤에 서서 꽉 막힌 벽을 보며 공상에 잠겨 있다는 것을 뻔히 알면서도 나를 위한 아주 사소하고도 부수적인 일조차 해 달라고 부탁하기를 꺼리게 된다는 것도 떠올렸다.

이 모든 것들을 계속 생각하고 그것들을 내가 최근에 발견한 사실, 즉 바틀비가 내 사무실을 자신의 집으로 삼아 기거하고 있다는 사실과 연결하고, 그의 병적인 침울함을 유념하며 이 모든 것들을 또 곱씹어 생각하니 점차 타산적인 감정이 들기 시작했다. 내가 처음 느낀 감정은 순수한 우울감과 진심 어린 연민이었다. 그러나 바틀비의 쓸쓸함이 나의 상상 속에서 점점 더 커지는 것과 정비례하여, 우울감이 두려움과 섞이고 연민이 혐오감과 섞였다. 우리가 비참함에 대해 생각하거나 비참한 광경을 보면 어느 정도까지는 최선의 호의를 품게 되지만, 어떤 특별한 경우 그 지점을 넘어서면 그렇지 않다는 것은 너무나 끔찍하지만 너무도 틀림없는 사실이다. 이것이 항상 인간의 마음이 가진 본질적인 이기심 때문이라고 주장하는 사람들은 잘못 생각하는 것이다. 오히려 그것은 과도하고 자연적인 병을 치료하려는 것과 관련된 절망감에서 비롯된다. 예민한 사람에게 연민은 고통인 경우가 많다. 그리고 마침내 그런 연민이 효과적인 구제로 이어지지 못한다고 인식되면, 우리의 상식이 영혼에게 연민을 털어버리라고 명령한다. 내가 그날 아침에 본 광경은 나로 하여금 그 필경사가 타고난 불치병의 희생자라고 생각하게 만들었다. 나는 그의 육신에 구호품을 줄 수 있을지 모르지만, 그를 고통스럽게 하는 것은 그의 육신이 아니었다. 고통스러운 건 그의 정신이었고, 나는 그의 정신에 닿을 수 없었다.

나는 그날 아침 트리니티 교회에 가려는 목적을 달성하지 못했다. 왜 그런지, 내가 본 것들로 인해 내가 한동안 교회에 갈 자격이 없어진 것 같았다. 나는 집을 향해 걸어가며 바틀비를 어떻게 할 것인지 생각했다. 그리고 마침내 이런 생각을 하게 되었다. 다음 날 아침 차분하게 그에게 과거 이력 등과 관련된 질문을 해야겠어. 만일 그가 대놓고 거리낌 없이 대답을 거부할 경우(아마도 그는 안 하는 쪽을 택하겠지만), 그에게 지불해야 할 액수보다 20달러를 더 얹어 주면서 더 이상 근무할 필요가 없다고 말해야지. 하지만 다른 어떤 방식으로든 내가 도움을 줄 수 있다면 기꺼이 그렇게 하겠으며, 특히 고향으로 돌아가고 싶다면 그곳이 어디든 비용을 지불하는 데 도움을 주겠다고 하는 거야. 게

다가 집에 도착한 뒤에도 언제든 도움이 필요한 상황에 놓이게 될 경우 내게 편지를 쓰면 꼭 답장을 받게 될 거라고 해야지.

다음 날 아침이 왔다.

"바틀비." 내가 가림막 뒤에서 그를 부드럽게 불렀다.

대답이 없었다.

나는 한결 더 부드러운 목소리로 말했다. "바틀비, 이리 좀 오게나. 자네가 안 하기로 택할 일을 부탁하려는 게 아닐세. 난 그저 자네에게 얘기를 하고 싶을 뿐이네."

이 말에 그가 소리 없이 쓱 나타났다.

"바틀비, 자네가 어디에서 태어났는지 말해 주겠나?"

"저는 안 하는 쪽을 택하겠습니다."

"그럼 자네에 대해 **뭐라도** 말해 주겠나?"

"안 하는 쪽을 택하겠습니다."

"하지만 내게 말하기를 거부하는 합리적인 이유라도 있나? 난 자네에게 호의를 가진 사람일세."

내가 말하는 동안 그는 나를 보지 않고 키케로 흉상에 시선을 계속 고정하고 있었다. 흉상은 내가 앉은 자리 바로 뒤, 머리에서 6인치 정도 위쪽에 놓여 있었다.

"자네 대답은 뭔가, 바틀비?" 내가 상당 시간 동안 기다리다가 말했다. 그동안 그의 표정은 여전히 아무 변화가 없었고, 다만 허옇고 여윈 입에서 희미한 떨림만 감지될 뿐이었다.

"지금은 대답하지 않는 쪽을 택하겠습니다." 그가 말하고는 자신의 은둔처로 물러갔다.

사실 내가 좀 서툴렀던 건 인정하지만, 이번 그의 태도는 나를 짜증나게 했다. 그 속에 어떤 조용한 경멸이 숨어 있는 것처럼 보였을 뿐 아니라, 그가 내게 받은 부인할 수 없는 좋은 대우와 관용을 고려할 때 정도를 벗어난 그의 행동은 배은망덕해 보였다.

또다시 나는 어떻게 해야 할지 깊이 고민하며 앉아 있었다. 그의 행동에 분명 굴욕감을 느꼈건만, 그리고 사무실에 들어갔을 때는 그를 해고하기로 결심했건만, 이상하게 미신적인 뭔가가 내 가슴을 두드리며 내 목적을 실행하는 것을 말리는 것 같았다. 만일 내가 이 가장 쓸쓸한 인간에게 감히 한마디의 쓴소리라도 내뱉는다면 악당이라고 비난받을 것만 같았다. 마침내 나는 익숙하게 그의 가림막 뒤로 의자를 끌고 가서 앉으며 말했다. "바틀비, 그럼 자네의 이력에 대해 공개하라는 말은 신경 쓰지 말게. 하지만 친구로서 제발 부탁이니 이 사무실의 관례에 최대한 따라 주기를 바라네. 이제 내일이나 다음날부터 문서 검토를 도와주겠다고 말하게. 요컨대 하루 이틀 뒤부터는 조금 합리적이 되겠다고 말하게. 그렇게 말하게, 바틀비."

"지금은 조금 합리적이 되지 않는 쪽을 택하겠습니다"가 유령 같은 그의 부드러운 대답이었다.

바로 그때 접이문이 열리며 니퍼스가 다가왔다. 그는 평소보다 심한 소화불량으로 간밤에 잠을 몹시 설쳐서 괴로운 듯한 모습이었다. 그는 바틀비의 마지막 말을 우연히 듣게 되었다.

"안 하는 쪽을 택하겠다고?" 니퍼스가 이를 갈며 말했다. "제가 변호사님이라면 —" 그가 나에게 말했다. "저자를 특별 대우하는 쪽을 **택하겠습니다**. 저자에게 특권을 주겠다고요. 저 고집불통에게요! 이번에는 저자가 또 뭘 가지고 안 하는 쪽을 **택하겠답니까**?"

바틀비는 꿈쩍도 하지 않았다.

"니퍼스 군." 내가 말했다. "내가 자네라면 지금은 여기서 나가는 쪽을 택하겠네."

어쩐 일인지 최근에 나는 온갖 경우에, 꼭 적절하지 않은 상황에서도, 본의 아니게 '택한다'는 표현을 쓰게 되었다. 필경사와의 접촉이 이미 나에게 정신적으로 심각하게 영향을 미치고 있다는 생각에 몸을 떨었다. 그리고 아직 드러나지 않은 더 심각한 이상이 또 있을까? 이런 걱정이 나로 하여금 즉각적인 수단을 취하도록 만드는 데 효과가 없지 않았다.

니퍼스가 무척 언짢고 부루퉁한 모습으로 물러나고 있을 때, 터키가 온화하고 공손하게 다가와서 말했다.

"외람되지만 변호사님, 어제 제가 바틀비에 대해 생각해 봤는데요. 제 생각에는 그 친구가 매일 좋은 에일 맥주를 1리터씩 마시기로 택한다면, 그 친구의 행실을 고쳐서 문서 검토 작업을 돕게 하는 데 한결 도움이 될 것 같습니다."

"그러니까 자네도 그 단어를 쓰는군." 내가 조금 흥분해서 말했다.

"외람되지만, 무슨 단어 말씀이신지." 터키가 물으며 가림막 뒤의 좁은 공간으로 비집고 들어왔고, 그 바람에 내가 바틀비를 밀치게 되었다. "무슨 단어 말씀이신지요?"

"저는 여기 혼자 있는 쪽을 택하겠습니다." 바틀비가 자신의 사적인 공간에 떼 지어 쳐들어온 것에 화가 난 것처럼 말했다.

"**그 단어** 말일세, 터키. 바로 그거." 내가 말했다.

"아, **택한다**는 단어 말씀이신가요? 아, 예, 참 이상한 단어죠. 저는 결코 그 단어를 사용하지 않습니다. 하지만, 변호사님, 제가 말씀드린 것처럼, 만일 바틀비가 그러기로 택한다면 —"

내가 말을 끊고 끼어들었다. "터키, 부디 나가 주게나."

"아, 물론이죠, 변호사님. 변호사님이 그러는 쪽을 택하신다면야."

그가 접이문을 열고 물러갈 때 니퍼스가 책상에 앉아 나를 언뜻 보며 내게 어떤 문서를 파란 종이와 흰 종이 중 어디에 필사하는 쪽을 택하겠는지 물었다. 그가 '택하다'라는 단어를 쓸 때 조금도 짓궂은 말투가 아니었다. 본의 아니게 그의 혀에서 굴러나온 것이 분명했다. 나는 이미 나 자신과 직원들의 정신까지는 아니어도 말투를 어느 정도 변화시킨 미친 남자를 치워 버려야겠다고 마음속으로 생각했다. 그러나 즉시 해고를 선언하는 건 현명하지 않을 것 같았다.

다음 날 나는 바틀비가 창가에 서서 막힌 벽을 보며 공상에 잠겨 있는 것 외에 아무것도 하지 않고 있음을 알아차렸다. 왜 필사를 하지 않느냐는 질문에 그는 더 이상 필사를 하지 않기로 결정했노라고 말했다.

"아니 그건 또 어찌된 셈인가? 기가 막힐 일이군. 더 이상 필사를 안 하겠다고?" 내가 소리쳤다.

"더 이상 안 합니다."

"그런데 이유가 뭔가?"

"꼭 알려 줘야만 이유를 아시겠습니까?" 그가 냉담하게 대답했다.

나는 그를 계속 응시했고, 그의 눈이 흐릿하고 게슴츠레하다는 것을 인식했다. 처음 몇 주 동안 나와 함께 있으면서 어둠침침한 창가에서 유례없이 근면하게 필사를 하느라 시력에 일시적인 장애가 생겼을지도 모르겠다는 생각이 즉시 들었다.

나는 감명을 받았고, 그래서 뭔가 위로의 말을 건넸다. 물론 그가 한동안 필사를 자제하는 것은 현명한 생각이라는 암시도 주고, 이 기회에 야외에서 건강에 좋은 운동을 하라고 강력히 권고하기도 했다. 그러나 그는 그렇게 하지 않았다. 그로부터 이삼일 뒤에 다른 직원들이 아무도 없을 때 급하게 우편으로 편지를 부칠 일이 생겼다. 나는 바틀비가 다른 할 일이 전혀 없으니 분명 평소보다는 덜 빡빡해져서 이 편지들을 우체국에 가져다줄 거라고 생각했다. 그러나 그는 대놓고 거절했다. 그래서 불편을 감수하고 내가 직접 가야 했다.

그리고 또 며칠이 더 흘렀다. 바틀비의 시력이 개선되었는지 아닌지 나로서는 알 수 없었다. 겉으로 보기에는 그런 것 같았다. 그러나 내가 나아졌냐고 물었을 때, 그는 아무 대답도 주지 않았다. 여하튼 그는 필사를 하지 않았다. 마침내 나의 재촉에 반응하여, 그는 자신이 영영 필사하는 일을 포기했다고 알려 주었다.

"뭐라고!" 내가 소리쳤다. "자네의 눈이 완전히 좋아지면, 전보다 나아지면, 그래도 필사를 안 할 텐가?"

"저는 필사를 포기했습니다." 그가 대답하고는 슬그머니 한쪽으로 비켜섰다.

그는 언제나처럼 내 사무실에 붙박이처럼 남아 있었다. 아니, 만일 그게 가능하다면, 전보다 더 붙박이가 되었다. 대체 어떻게 해야 할까? 그는 사무실에서 아무 일도 하지 않았다. 그런데 왜 여기 머물러야 할까? 명백한 사실은 그가 이제 내게 목걸이로 유용하지 않을 뿐 아니라 지니고 있기도 괴로운 목에 걸린 맷돌 같은 존재가 되었다는 거였다. 그러나 나는 그가 안쓰러웠다. 만일 그가 본인의 이익을 위해 내게 불편함을 끼친다고 말한다면, 그건 진실이 아니다. 만일 그가 친척이나 친구의 이름을 하나라도 댔다면 나는 즉시 편지를 써서 그 불쌍한 친구를 적당한 안식처로 데려가라고 재촉했을 것이다. 그러나 그는 혼자처럼, 이 세상에서 절대적으로 혼자처럼 보였다. 대서양 한복판에 떠 있는 난파선의 잔해처럼. 마침내 내 사업과 관련된 필요들이 다른 모든 고려들을 억눌렀다. 나는 할 수 있는 한 최대한 점잖게, 바틀비에게 엿새 안에 무조건 사무실을 떠나야 한다고 말했다. 그동안 다른 거주지를 구하기 위해 대책을 취하라고 경고했다. 그가 이사를 위한 첫발을 뗀다면 그런 노력을 돕겠다고 제안하기도 했다. 나는 덧붙였다. "그리고 바틀비, 자네가 마침내 내 곁을 떠날 때 완전히 빈손으로 가게 하지는 않을 걸세. 이 시간부터 엿새네. 기억하게."

그 기간이 만료되었을 때, 나는 가림막 뒤를 훔쳐보았는데, 이런! 바틀비가 거기 있었다.

나는 코트 단추를 채우고 몸의 균형을 잡으며 천천히 그를 향해 다가가서 그의 어깨를 건드리고 말했다. "시간이 됐네. 자네는 이곳을 떠나야 하네. 미안하네. 여기 돈이 있네. 하지만 자넨 가야 해."

"저는 안 그러는 쪽을 택하겠습니다."

"그래야 하네."

그는 침묵을 지켰다.

나는 이 남자의 일반적 정직성에 대한 무한한 신뢰를 가지고 있었다. 그는 바닥에 떨어져 있는 6펜스짜리와 1실링짜리 동전을 내게 자주 되돌려주곤 했다. 내가 그런 사소한 문제에 아주 부주의한 경향이 있기 때문이다. 그러니 당시에 뒤따른 상황이 그리 놀랍지만은 않을 것이다.

"바틀비, 내가 자네에게 줘야 할 돈이 12달러인데, 여기 32달러가 있네. 나머지 20달러도 자네의 것이네. 자, 받지 않겠나?" 내가 말하고는 그를 향해 지폐를 건넸다.

그러나 그는 움직이지 않았다.

"그럼 여기 남겨 두겠네." 지폐를 책상 위에 문진으로 눌러 놓으며 내가 말했다.

그런 다음 모자와 지팡이를 챙겨 문가로 가다가 차분하게 뒤돌아서서 덧붙였다. "바틀비, 자네가 이 사무실에서 자네 물건들을 빼고 나면, 오늘은 아무도 없으니 열쇠를 매트 밑에 밀어 넣어 주겠나. 내일 내가 회수하게 말일세. 이제 다시 볼 일이 없을 테니 작별 인사를 해야겠군. 새로운 거주지에서 내가 도울 일이 있다면, 편지로 꼭 알려 주게나. 바틀비, 안녕히, 잘 가게."

그러나 그는 한마디도 하지 않았고, 마치 폐허가 된 사원의 마지막 기둥처럼 버려진 방 한가운데에 여전히 말없이 혼자 서 있었다.

깊은 상념에 잠겨 집으로 걸어가면서 마음속에서 허영심이 연민을 이겼다. 능수능란한 솜씨로 바틀비를 쫓아낸 것에 대단한 자부심을 느낄 수밖에 없었다. 나는 그것을 능수능란함이라 할 것이고, 냉철하게 생각하는 사람에게라면 그렇게 보일 것이 분명하다. 내 절차의 미덕은 일관되게 완벽한 침착함을 유지한 듯 보였다는 것이다. 상스럽게 협박하지도, 어떤 종류의 허세를 부리지도, 성을 내며 위협하지도, 사무실을 성큼성큼 걸어 다니며 바틀비에게 거지 같은 소지품을 싸서 당장 나가라고 쏘아붙이지도 않았다. 그런 것은 전혀 없었다. 하수들이 할 법하게 바틀비에게 나가라고 큰 소리로 명령하지 않으면서 그가 떠나야 하는 근거를 **가정했고**, 그러한 가정에 근거해 내가 할 모든 말을 했다. 곱씹을수록 점점 나의 절차에 매료되었다. 그럼에도 다음 날 아침, 잠에서 깨자마자 나는 의심이 들었다. 웬일인지 잠을 잠으로써 허영심의 취기에서 깨어난 것이다. 사람이 가장 냉정하고 현명한 시간 중 하나는 아침에 잠에서 깬 직후다. 내 절차는 여전히 빈틈없었지만, 순전히 이론상으로만 그랬다. 실제로는 그것이 어떻게 판명될지 문제가 있었다. 바틀비가 떠난다고 가정한 것은 정말로 멋진 생각이었지만, 따지고 보면 그것은 나의 가정일 뿐 바틀비의 가정은 아니었다. 중요한 것은 내가 바틀비가 떠날 거라고 가정하느냐가 아니라 그가 떠나는 쪽을 택할 거냐였다. 그는 가정하는 남자가 아닌 선택하는 남자였다.

아침 식사 후에 시내로 걸어가면서, 나는 머릿속으로 **양쪽** 가능성에 대해 치열한 공방을 벌였다. 한 순간은 그것이 참담한 실패로 판명될 것이며 바틀비는 평소처럼 내 사무실에 멀쩡하게 있을 거라고 생각했다. 그러나 다음 순간은 그의 빈 의자를 발견하게 될 것이 거의 확실해 보였다. 그래서 나는 계속 우왕좌왕했다. 브로드웨이와 커낼가의 모퉁이에서 한 무리의 흥분한 사람들이 열띤 논쟁을 벌이며 서 있었다.

"그자가 안 된다는 데 내기를 걸겠어." 내가 지나갈 때 어떤 목소리가 말했다.

"안 간다고? — 좋아! 어서 돈을 걸어요." 내가 말했다.

나는 본능적으로 돈을 꺼내려고 주머니에 손을 넣다가 그날이 선거일임을 기억해 냈다. 그러니까 내가 우연히 엿듣게 된 그 말은 바틀비와 관련이 없었으며, 시장 후보의 당락에 관련된 말이었다. 말하자면 마음이 한껏 경도된 상태에서 브로드웨이 전체가 나의 흥분을 공유하고 있으며 나와 똑같은 질문에 대해 토론하고 있다고 상상했던 것이다. 나는 거리의 소란 때문에 내 순간적인 넋 빠진 소리가 가려진 것에 감사하며 지나쳐 갔다.

의도한 대로 나는 평소보다 일찍 사무실 문 앞에 도달했고, 한

동안 귀를 쫑긋 세우고 거기 서 있었다. 쥐 죽은 듯 고요했다. 그가 간 것이 분명했다. 손잡이를 돌려 보았다. 문은 잠겨 있었다. 그렇다. 내 절차가 제대로 먹힌 것이다. 그가 정말 사라진 게 분명하다. 그러나 이와 함께 어떤 우울감이 혼재된 기분을 느꼈다. 나의 빛나는 성공이 거의 애석하게 느껴질 정도였다. 나는 도어매트 밑에 손을 넣어 바틀비가 남겨 두고 갔을 열쇠를 더듬어 찾다가 잘못해서 무릎이 문짝에 부딪치며 노크 소리가 났고, 이에 반응하여 안에서 목소리가 들렸다. "아직 안 됩니다. 지금은 제가 용무가 있습니다."

바틀비였다.

나는 벼락 맞은 듯 깜짝 놀랐다. 한순간 나는 오래전 버지니아에서 구름 한 점 없는 오후에 마른번개를 맞아 담뱃대를 입에 문 채 죽은 남자처럼 서 있었다. 그 남자는 창문이 열린 따사로운 창가에서 죽었고, 꿈같은 오후에 창밖으로 몸을 내민 자세로 서 있다가 누군가 그를 건드리자 그제야 쓰러졌다.

"안 갔군!" 마침내 내가 중얼거렸다. 그러나 나는 또다시 비록 짜증스럽지만 내가 완전하게 벗어날 수 없는, 그 수수께끼 같은 필경사가 나에게 행사하는 불가해한 지배력에 복종하며 천천히 계단을 내려가 거리로 나갔다. 건물 주변을 돌면서 이 듣도 보도 못한 난처한 상황에서 다음에 어떻게 해야 할지를 생각했다. 그를 정말 물리적으로 밀어서 쫓아내는 일은 할 수 없었다. 그에게 욕을 하며 몰아내는 것도 도움이 되지 않을 것이다. 경찰을 부르는 것은 유쾌한 생각이 아니었다. 그렇다고 유령 같은 그가 나를 상대로 승리감을 누리도록 허용하는 것 또한 생각할 수 없었다. 대체 어떻게 해야 할까? 혹은 아무것도 할 수 없다면, 내가 이 문제에 대해 무엇이건 **가정할** 수 있는 게 또 있을까? 그렇다. 내가 전에 미래를 생각하며 바틀비가 떠날 거라고 가정했던 것처럼, 지금 과거로 소급해서 그가 떠났다고 가정할 수 있을 것이다. 이 가정을 정당하게 실행하기 위해, 나는 서둘러 사무실로 들어가서 바틀비가 아예 보이지 않는 척하며 마치 그가 공기인 것처럼 그를 지나쳐 걸어갈 수 있을 것이다. 그런 행동은 굉장한 수준의 급소 찌르기와 같을 것이다. 그렇게 가정의 원칙을 적용하면 바틀비가 견뎌 내는 것이 거의 불가능해 보였다. 그러나 다시 생각하니, 그 계획의 성공이 다소 의심스러워 보이기도 했다. 나는 다시 한번 그와 그 문제를 이야기해 보기로 마음먹었다.

"바틀비." 내가 조용히 심각한 표정으로 사무실로 들어가며 말했다. "나는 진심으로 불쾌하네. 화가 나, 바틀비. 나는 자네가 더 나은 사람인 줄 알았네. 자네는 신사다운 기질을 갖춘 사람이라서 어떤 미묘한 난국에서건 약간의 힌트만으로 충분할 거라고 상상했네. 한마디로 가정이지. 그런데 내가 속은 것 같군. 아니! —" 그 순간 전날 저녁에 내가 두고 간 돈이 그대로 놓여 있는 것을 보고 나는 진심으로 놀라 그것을 가리키며 덧붙였다. "자네 아직 저 돈에 손도 대지 않았군."

그는 아무 대답이 없었다.

"떠날 텐가, 떠나지 않을 텐가?" 나는 갑자기 열을 내면서 그에게 다가가며 다그쳤다.

"저는 떠나지 **않는** 쪽을 택하겠습니다." 그가 '않는'을 부드럽게 강조하며 대답했다.

"대체 무슨 권리로 여기에 남겠다는 건가? 자네가 임대료를 내나? 아니면 세금을 내? 아니면 이곳이 자네 소유인가?"

그는 아무 대답이 없었다.

"이제 다시 필사를 시작할 준비가 되었나? 시력이 회복되었나? 오늘 아침 나를 위해 짧은 문서를 필사해 줄 수 있겠나? 아니면 몇 줄 검토하는 걸 도와주거나 우체국에 다녀와 줄 수 있어? 한마디로 자네가 떠나기를 거부하는 것이 그럴 듯하게 보일 만한 뭐라도 할 텐가?"

그는 조용히 자신의 은둔처로 물러났다.

이제 나는 신경이 예민해지고 분노한 상태라서 지금은 감정 표현을 자제하는 편이 현명하다고 생각했다. 사무실에는 바틀비와 나 단 둘뿐이었다. 나는 콜트의 호젓한 사무실에서 불운한 애덤스와 그보다 더 불운한 콜트 사이에 벌어진 비극*을 떠올렸다. 애덤스 때문에 지독히 열받은 가엾은 콜트가 어떻게 경솔하

---

* 1842년, 존 콜트는 인쇄업자 사무엘 애덤스 살해 혐의로 유죄 판결을 받았다. 애덤스가 인쇄비 1달러 3센트를 추가로 청구했다는 것이 범죄 동기였다. 콜트는 자기 방어를 위한 살인이었다고 주장했으나, 시체를 빼돌려 사건을 은폐하려 했던 시도가 드러났다. 재판은 콜트 가문의 유명함, 시체 처리 방법, 그리고 법정에서 콜트의 오만한 태도 등으로 뉴욕에서 큰 관심을 끌었다. 콜트는 교수형을 선고받았지만 처형 당일 아침 자살했다.

게도 미친 듯 흥분해서 뜻밖에 치명적인 행위, 누구보다 행위자 자신이 가장 개탄할 수밖에 없는 행위에 성급히 돌입하게 되었는지 말이다. 이 주제에 대해 생각할 때면, 나는 그 언쟁이 공공도로나 사적인 거주지에서 벌어졌더라면 그런 식의 결말이 나지 않았을 거라고 생각하곤 했다. 인간적인 가정집을 연상시키는 신성한 요소들이 철저히 결여된 건물의 고립된 사무실, 의심의 여지 없이 카펫도 깔려 있지 않은 먼지투성이의 삭막한 모습의 사무실에 단 둘이 있는 상황이었고, 이것이 분명 불운한 콜트의 짜증과 화를 부추겨 자포자기 상태에 이르게 하는 데 큰 역할을 했을 게 분명하다.

그러나 분노라는 원초적 인간의 본성이 내 안에서 고개를 들고 바틀비와 관련하여 나를 유혹했을 때, 나는 그것을 드잡이해서 던져 버렸다. 어떻게 그랬냐고? 그야 물론, 그저 "새 계명을 너희에게 주노니 서로 사랑하라"라는 신성한 명령을 떠올림으로써 그랬다. 그렇다. 나를 구한 것은 바로 이거였다. 더 고결한 고려 사항들은 차치하고, 관용은 종종 매우 현명하고 분별 있는 원칙으로 작용한다. 관용은 그것을 가진 사람에게 대단한 보호장치다. 사람들은 질투 때문에, 분노 때문에, 증오 때문에, 이기심 때문에, 자존심 때문에 살인을 저지르지만, 친절한 관용 때문에 끔찍한 살인을 저질렀다는 사람에 대한 이야기는 들어 본 적이 없다. 더 나은 동기 부여를 동원할 수 없다면 단순히 타산적인 마음만으로도 모든 사람들이 관용과 박애를 향하게 될 것이며, 특히 성격이 고결한 사람들의 경우 더더욱 그럴 것이다. 어쨌든 이 문제적 상황에 대해, 나는 바틀비의 행동을 호의적으로 해석함으로써 그를 향한 분노의 감정을 억누르려 애썼다. 나는 생각했다. 가엾은 친구, 가엾은 친구, 가엾은 친구! 그 친구는 나쁜 뜻이 있어서 그러는 게 아니야. 게다가 그 친구는 힘든 시간을 겪어 왔으니, 제멋대로 굴어도 좀 봐줘야 마땅해.

또한 나는 즉시 바쁘게 일에 몰두하는 동시에 나의 낙심한 마음을 위로하려 애썼다. 오전 중에 바틀비가 본인이 받아들일 수 있는 시간에 자발적으로 은둔처에서 나와서 문가를 향해 결연하게 걸어갈 거라고 상상하려 애썼다. 그러나 아니었다. 열두 시 삼십 분이 되었다. 터키는 얼굴이 벌겋게 달아오르기 시작하더니 잉크통을 엎고 대체로 소란스러워졌다. 니퍼스는 성질이 수그러들어서 조용하고 점잖아졌다. 진저너트는 정오 사과를 아삭아삭 씹어 먹었다. 바틀비는 여전히 창가에 서서 막힌 벽을 바라보며 더없이 깊은 공상에 잠겨 있었다. 그것이 인정되는 행동일까? 내가 그것을 인정해야 할까? 그날 오후 나는 그에게 더 이상 한마디도 하지 않고 사무실에서 나갔다.

이제 며칠이 지났고, 그동안 나는 쉬는 시간에 틈틈이 『에드워즈의 자유의지론』과 『프리스틀리의 필연론』을 조금씩 들여다보았다. 그런 상황에서 그 책들은 건전한 감정을 유도했다. 점차 나는 바틀비에 관한 이런 나의 고충들이 처음부터 미리 정해져 있었고, 바틀비가 나 같은 한낱 인간이 헤아릴 수 없는 전지전능한 신의 섭리의 어떤 불가사의한 목적을 위해 나에게 배정되었다는 확신에 빠져들게 되었다. 나는 생각했다. 그래, 바틀비. 그냥 너의 가림막 뒤에 머물러라. 더 이상 너를 괴롭히지 않겠다. 너는 이 낡은 의자들처럼 무해하고 조용하지. 요컨대 나는 네가 여기 있다는 것을 알 때만큼 그렇게 사적인 느낌을 갖게 되는 적이 없다. 마침내 나는 그것을 알고, 그것을 느낀다. 미리 정해진 내 삶의 목적을 꿰뚫어 보고 있는 거지. 나는 만족한다. 남들은 행해야 할 더 고결한 사명을 가지고 있을지 모르지만, 바틀비, 이 세상에서 나의 사명은 네가 머무는 것이 적절하다고 생각하는 기간 동안 사무실을 자네에게 제공하는 것이다.

사무실을 방문한 같은 직종의 친구들이 주제넘게 청하지도 않은 몰인정한 의견들을 쏟아 내지만 않았다면, 이 현명하고 축복받은 마음의 상태가 계속되었을 거라고 나는 믿는다. 그러나 옹졸한 사람들과 끊임없이 마찰을 빚다 보면 결국 너그러운 사람들의 가장 선한 결심마저 닳아 없어지는 경우가 종종 발생한다. 하지만 반추해 보면 내 사무실에 들어오는 사람들이 수수께끼 같은 바틀비의 특이한 측면에 충격을 받아 그에 대해 험담을 던지고 싶은 유혹을 느끼는 것도 분명 이상한 일은 아니다. 가끔 내게 용무가 있는 변호사가 사무실에 들렀다가 바틀비 외에 아무도 없는 것을 발견하고 그에게 나의 행방에 관한 어떤 정확한 정보를 얻으려 했지만, 바틀비는 그의 쓸데없는 말을 듣지 않고 방 한가운데 꼼짝도 않고 서 있곤 했다. 그래서 변호사는 그 자리에서 한동안 그를 가만히 응시하다가 이곳에 왔을 때보다 더 알아낸 것이 전혀 없이 떠나곤 했다.

또한 중재 절차가 진행 중이어서 방 안에 변호사와 증인들이 가득하고 업무가 빠르게 돌아가고 있을 때, 일에 깊이 몰두한 어떤 법조인이 아무 일도 하고 있지 않은 바틀비를 보고 자신의(법조인의) 사무실로 뛰어가서 서류를 좀 가져다 달라고 요청했었다. 그러자 바틀비는 조용히 거절하곤 여전히 전처럼 빈둥거렸다. 그 변호사는 한참을 멍하니 쳐다보다가 내게 눈길을 돌렸다. 내가 무슨 말을 할 수 있었겠는가. 마침내 나는 내 업계 사람들 사이에 내 사무실에 있는 이상한 존재에 대한 쑥덕공론이 돌고 있다는 것을 알게 되었다. 이것이 나를 심히 걱정스럽게 했다. 게다가 그가 알고 보면 명이 긴 사람일 수도 있다는 생각, 그래서 내 사무실을 계속 점거하면서 내 권위를 거부하고, 내 방문객들을 당황시키고, 내 직업적 명성에 먹칠을 하고, 이 사무실 전체에 우울한 그림자를 드리우고, 본인의 저축액으로 끝까지 연명하며(그가 하루에 쓰는 돈은 5센트 정도밖에 되지 않는 게 거의 분명하므로) 결국 아마 나보다 더 오래 살면서 내 사무실에 대해 영속적 점유권에 의한 소유권을 주장할지도 모른다는 생각마저 들었다. 이 모든 암울한 전망들이 점점 더 문득문득 떠오르는 데다 내 친구들이 내 사무실의 유령에 대한 가차 없는 의견을 내게 강요함에 따라, 내 안에서 큰 변화가 생겼다. 나는 내 모든 능력을 동원하여 이 참을 수 없는 골칫거리를 영원히 쫓아내기로 결심했다.

그러나 이런 목적에 맞춰진 어떤 복잡한 계획을 궁리하기에 앞서, 우선 그냥 바틀비에게 그의 영구적 퇴거의 타당성에 대해 넌지시 말했다. 그런 뒤 차분하고 진지한 목소리로 그에게 신중

하고 성숙하게 생각해 보라고 권했다. 그러나 사흘간 생각할 시간을 가진 뒤, 그는 애초의 결정에 변함이 없음을 내게 알렸다. 요컨대 그는 내 곁에 남는 쪽을 택했다.

어떻게 해야 할까? 나는 코트 단추를 끝까지 잠그며 혼잣말을 했다. 어떻게 해야 하지? 대체 어쩌면 좋지? 내 양심은 이 남자, 아니 이 유령을 어떻게 **해야 한다고** 말하고 있지? 나는 그를 털어 내야 해. 그는 가야 해. 하지만 어떻게? 이 불쌍하고 창백하고 수동적인 인간을 차마 밀어낼 수는 없잖아. 설마 그 속수무책의 존재를 문밖으로 밀어 버리진 않겠지? 그런 잔인한 행동으로 체면을 구기지는 않겠지? 아니, 난 그러지 않을 거야. 그럴 수는 없어. 차라리 그가 여기서 살다 죽게 놔두고 그의 유해를 벽 속에 넣고 벽을 발라 버리는 편이 낫지. 그럼 어쩌려고? 아무리 구슬려도 꿈쩍도 안할 텐데. 네가 준 뇌물을 책상 위의 문진 밑에 그대로 놔둔 걸 봐. 요컨대, 그는 너에게 달라붙어 있는 쪽을 택한 게 분명해.

그렇다면 가혹한 무언가, 특별한 무언가를 해야겠군. 설마! 순경이 그의 멱살을 잡고 끌고 가서 무고하고 창백한 친구를 감방에 가두게 하지는 않겠지? 게다가 무슨 근거로 그런 일을 할 수 있겠어? 그가 부랑자라고? 설마! 그가 꿈쩍도 하지 않은 부랑자, 방랑자라고? 네가 그를 부랑자로 취급하려는 건 그가 부랑자가 되지 **않으려 하기** 때문이야. 그건 너무 부조리해. 그렇다면 가시적인 생계 수단이 없다는 것. 이 부분에서는 내가 유리하지. 하지만 이것도 틀렸어. 의심할 여지 없이 그는 스스로 생계를 **유지**

하고 있고, 그건 누구든 생계 수단을 가지고 있음을 보여 줄 수 있는, 반박할 수 없는 유일한 증거야. 그럼 더 이상 방법이 없군. 그는 나를 떠나지 않을 테니 내가 그를 떠날 수밖에. 사무실을 옮겨 다른 곳으로 이사를 가야겠어. 그리고 만일 내 새로운 사무실에서 그를 발견한다면, 그를 무단 침입으로 고소하겠다고 공정하게 통보하는 거야.

그런 방침에 따라 나는 다음 날 그에게 말했다. "이 사무실이 시청에서 너무 먼 것 같네. 공기도 나쁘고 말이야. 한마디로 다음 주에 사무실을 이전할 계획이고, 더 이상 자네의 도움이 필요하지 않네. 자네에게 다른 장소를 찾으라고 지금 이 말을 하는 걸세."

그는 아무 대답도 하지 않았고 아무 말도 없었다.

약속한 날에 나는 수레를 세내고 인부를 고용해서 사무실로 갔고, 가구가 별로 없어서 두어 시간 만에 모든 것을 치웠다. 그러는 내내, 그 필경사는 가림막 뒤에 그대로 서 있었고, 나는 가림막을 마지막으로 치우도록 지시했다. 가림막이 철수되어 거대한 2절판 종이처럼 접히자, 그는 벌거벗은 방의 움직임 없는 점거자로 남았다. 나는 입구에 서서 그를 한동안 지켜보았고, 그동안 내 안에서 뭔가가 나를 질책했다.

나는 주머니에 손을 넣고 쿵쾅거리는 가슴으로 다시 안으로 들어갔다.

"잘 있게, 바틀비. 나는 가네. 잘 있게. 신의 가호가 있기를. 이거 받게나." 이렇게 말하면서 그의 손에 뭔가를 쓱 쥐여 주었다.

그러나 그것은 바닥으로 떨어졌고, 말하기 좀 이상하지만, 그 순간 나는 그토록 벗어나고 싶었던 그에게서 나 자신을 억지로 떼어 냈다.

새 거처에 자리 잡은 나는 처음 하루 이틀은 문을 계속 잠가두었고, 복도에서 발소리가 날 때마다 깜짝깜짝 놀랐다. 잠시라도 사무실을 비웠다가 돌아올 때면, 열쇠를 꽂기 전에 문지방 앞에서 잠시 멈추고 주의 깊게 귀 기울이곤 했다. 그러나 그런 두려움은 쓸데없는 것이었다. 바틀비는 결코 내 가까이로 오지 않았다.

그런데 내가 모든 게 잘됐다고 생각하고 있을 무렵, 당황한 듯한 모습의 웬 낯선 남자가 나를 찾아와서 최근에 월스트리트 × 번지의 사무실을 사용한 사람이 맞느냐고 물었다.

나는 불길한 예감에 사로잡힌 채 그렇다고 대답했다.

알고 보니 그 낯선 남자는 변호사였는데, 그가 이렇게 말했다. "그렇다면, 선생님. 거기 남겨진 남자에 대한 책임이 선생님께 있겠군요. 그 남자는 일체의 필사 작업을 거부하고, 어떤 일도 하기를 거부합니다. 자신은 하지 않는 쪽을 택하겠다고 말하고, 그러면서 그곳에서 떠나는 것도 거부합니다."

나는 짐짓 침착한 척했지만 속으로는 떨면서 말했다. "정말 죄송하지만, 사실 선생님이 말씀하시는 그 사람은 저와 아무 관계도 없습니다. 선생님은 제게 책임을 물으시는데 그 사람은 제 친척도 제 수습생도 아닙니다."

"도대체 그 사람은 누구입니까?"

"그건 저도 알려 드릴 수가 없군요. 그 사람에 대해 아는 게 없어서 말입니다. 전에 그 사람을 필경사로 고용했었지만, 그 사람은 한동안 저를 위해 아무 일도 하지 않았습니다."

"그렇다면 제가 해결해야겠군요. 안녕히 계십시오, 선생님."

며칠이 지나갔고, 더 이상 아무 소식도 들리지 않았다. 나는 그 장소에 들러 불쌍한 바틀비를 만나 볼까 하는 자비로운 충동을 종종 느끼기도 했지만, 그때마다 정체 모를 불안감이 나를 말렸다.

또 한 주가 지나도록 어떤 정보도 내게 이르지 않자, 마침내 나는 이제 그와는 모든 게 끝났다고 생각했다. 그러나 다음 날 사무실에 나왔을 때, 대여섯 명의 사람들이 매우 신경이 곤두서고 흥분한 상태로 문 앞에서 기다리고 있는 것을 발견했다.

"저 남자예요. 그 사람이 오고 있어요." 제일 앞에 있는 사람이 소리쳤다. 나는 그가 일전에 혼자서 나를 찾아왔던 변호사임을 알아보았다.

"선생님, 그자를 즉시 데려가 주셔야겠습니다." 그들 가운데 뚱뚱한 사람이 소리쳤다. 나는 그 사람이 월스트리트 ×번지의 건물주라는 것을 알고 있었다. "제 세입자인 이 신사 분들이 더 이상은 못 참겠다고 하는군요." 그가 예의 그 변호사를 가리키며 말했다. "B씨가 사무실에서 그자를 쫓아내니, 그자는 이제 계속해서 건물 전체에 출몰하고 다니며 낮에는 계단 난간에 걸터앉아 있고 밤에는 건물 입구에서 잠을 자고 있습니다. 모두들 걱정하고 있어요. 고객들이 떠나고 있고, 혹시 그자가 폭도가 아닌지

하는 불안감도 있습니다. 선생이 뭔가를 해 주셔야겠어요. 지체 없이 말입니다."

이런 빗발치는 항의에 기겁을 해서 나는 뒷걸음쳤고, 새로운 사무실에 들어가 문이라도 걸어 잠그고 싶은 심정이었다. 나는 부질없게도 다른 어떤 사람과 마찬가지로 나도 바틀비와 아무 관계도 아니라고 주장을 했다. 역시 부질없는 짓이었다. 나는 그와 어떤 식으로든 관계가 있었던 마지막 사람이었고, 그들은 내게 끔찍한 책임을 묻고 있었다. 그때 신문에 폭로될 것이 두려워서 (그 자리에 있던 한 사람이 애매하게 위협했다) 나는 그 문제를 고려해 보았고, 마침내 그 변호사가 그의 (변호사) 사무실에서 내가 그 필경사와 은밀한 면담을 하게 해 준다면, 그날 오후에 그들이 불평하는 골칫거리를 떼어 내기 위해 최선을 다하겠다고 말했다.

나의 옛 근거지로 가는 계단을 오르다 보니 층계참 난간에 조용히 걸터앉아 있는 바틀비가 보였다.

"여기서 뭘 하고 있나, 바틀비?" 내가 물었다.

"난간에 앉아 있습니다." 그가 부드럽게 대답했다.

나는 변호사의 사무실로 들어가자고 손짓했고, 그러자 변호사는 우리를 남겨 두고 나갔다.

"바틀비, 자네가 사무실에서 쫓겨난 뒤에 계속 입구를 점거해서 내게 큰 시련을 안겨 주고 있다는 걸 알고 있나?"

대답이 없었다.

"이제 둘 중 하나를 선택해야 하네. 자네가 뭔가를 하거나 아니면 누군가 자네에게 뭔가를 하거나. 자네는 어떤 종류의 일에 종사하고 싶나? 누군가를 위해 다시 필사를 하고 싶나?"

"아닙니다. 저는 어떠한 변화도 시도하지 않는 쪽을 택하겠습니다."

"그럼 포목점에서 점원이 되고 싶은가?"

"그러면 너무 갇혀 있게 됩니다. 아뇨, 저는 점원이 되고 싶지 않습니다. 그러나 저는 까다롭게 가리지는 않습니다."

"너무 갇혀 있다니. 아니, 자넨 항상 스스로를 가둬 두고 살지 않는가!" 내가 큰 소리로 말했다.

"저는 점원 일을 하지 않는 쪽을 택하겠습니다." 그가 그 사소한 문제를 즉시 결말지으려는 듯 대답했다.

"그럼 바텐더 일이 자네에게 맞겠나? 그 일은 눈을 혹사시키지 않을 텐데."

"그 일이 전혀 마음에 들지 않습니다. 하지만 조금 전에 말씀드린 것처럼, 저는 까다롭게 가리지는 않습니다."

평소와 달리 말이 많아진 그의 모습에 고무되어 나는 다시 돌격했다.

"음, 그럼 전국을 돌아다니면서 상인들을 위해 수금을 하지 않겠나? 그러면 건강이 호전될 것 같은데."

"아니요. 저는 다른 일을 하는 쪽을 택하겠습니다."

"그럼 말벗으로 유럽에 가는 건 어떤가? 대화로 어떤 젊은 신사를 즐겁게 해 주면서 말이야. 그런 일이 자네한테 적절하겠나?"

"전혀 아닙니다. 그 일은 확실한 게 전혀 없을 것 같습니다. 저는 움직이지 않고 하는 일이 좋습니다. 그러나 저는 까다롭게 가리지는 않습니다."

"그렇다면 움직이지 마!" 이제 내가 모든 인내심을 잃고 소리쳤다. 그와의 짜증스러운 모든 관계에서 처음으로 벌컥 화를 낸 것이었다. "밤이 되기 전에 이곳에서 떠나지 않으면, 어쩔 수 없이… 정말 어쩔 수 없이… 내가 여길 떠날 수밖에!" 나는 절대 움직이지 않는 그를 어떤 위협으로 순응하게 만들 수 있을지 몰라 다소 어처구니없이 말을 끝맺었다. 더 이상 어떤 노력도 포기한 채 느닷없이 그를 떠나려는 순간 마지막으로 어떤 생각이 떠올랐다. 사실 그동안 전혀 안 해 본 생각은 아니었다.

"바틀비," 나는 그런 격앙된 상황에서 낼 수 있는 최대한 상냥한 목소리로 말했다. "혹시 우리 집에 갈 텐가?—내 사무실 말고, 내가 사는 집 말일세—우리가 한가할 때 자네에게 편리한 방법에 대해 결론을 낼 수 있을 때까지 거기서 지내지 않겠나? 이리 오게. 지금 당장 출발하세."

"아니요, 지금은 어떤 변화도 시도하지 않는 쪽을 택하겠습니다."

나는 아무 대답도 하지 않고, 기습적으로 재빨리 움직임으로써 모든 사람을 효과적으로 피해 탈출했다. 건물에서 후다닥 뛰어나간 뒤 월스트리트를 따라 브로드웨이를 향해 내달려서 처음에 보이는 합승 마차에 올라타 추격에서 벗어났다. 평정심을 회복하자마자, 나는 이제 내가 할 수 있는 일을 다 했다는 것을 뚜렷이 인식했다. 건물주와 세입자들의 요구의 측면에서도, 바틀비에게 도움을 주고 그를 무례한 박해로부터 보호하고 싶다는 나 자신의 바람과 의무감의 측면에서도 말이다. 이제 나는 완전하게 태평스럽고 고요한 상태가 되려고 애썼고, 그런 시도는 양심에 거리낄 것이 없었다. 그러나 사실 내가 바랐던 것만큼 시도의 결과가 성공적이지는 못했다. 나는 격분한 건물주와 화가 난 세입자들에게 또다시 쫓기게 될까 두려운 나머지 내 업무를 니퍼스에게 넘겨주고는 이삼일간 사륜마차를 몰고 도시의 북부와 교외를 돌았고, 저지시티와 호보컨으로 건너갔으며, 도피하듯 맨해튼빌과 애스토리아를 잠시 방문하기도 했다. 사실 그 시간 동안 나는 마차에서 살다시피 했다.

내가 다시 사무실로 돌아갔을 때, 이런! 책상 위에 건물주가 보낸 편지가 놓여 있었다. 나는 떨리는 손으로 편지를 열었다. 편지를 쓴 사람이 경찰서에 사람을 보내서 바틀비를 부랑자로 뉴욕시 구치소에 넣었다는 것을 알리는 내용이었다. 게다가 내가 다른 누구보다 그에 대해 잘 알고 있으니 그곳에 가서 사실 관계를 적절히 말해 주기를 바란다고 했다. 이런 소식은 내게 복잡한 영향을 미쳤다. 처음엔 나는 분개했다. 그러나 나중에는 거의 찬성하다시피 했다. 건물주는 활발하고 즉흥적인 기질 때문에 나라면 결정하지 못했을 절차를 채택하게 되었지만, 그런 상황에서라면 최후의 수단으로 그것이 유일한 계획처럼 보였다.

나중에 알게 된 사실이지만, 불쌍한 필경사는 자신이 구치소로 호송될 것이라는 말을 듣고 조금의 반항도 없이 특유의 창백하고 무감한 방식으로 조용히 따랐다.

동정심 많고 호기심 강한 몇몇 구경꾼이 일행에 합류했고, 바틀비의 팔짱을 낀 순경 한 명을 필두로 조용한 행렬이 한낮에 포효하는 대로의 모든 소음과 열기와 환희를 뚫고 줄지어 나아갔다.

편지를 받은 당일에 나는 '무덤'이라는 별칭이 붙은 뉴욕 구치소에 갔다. 담당자를 찾아 방문의 목적을 설명하고 내가 묘사한 사람이 실제로 안에 있다는 정보를 얻었다. 나는 그 공무원에게 바틀비는 완벽하게 정직한 사람이며, 비록 이해할 수 없이 기이하긴 하지만 대단히 동정받을 만한 사람이라고 장담했다. 그런 뒤 내가 아는 모든 것을 설명하고 최대한 관대한 방식으로 그를 구금하다가 조금 덜 가혹한 조치를 — 사실 그것이 뭔지 모르지만 — 취할 것을 제안하면서 이야기를 마쳤다. 여하튼 다른 어떤 결정도 할 수 없다면, 빈민구호소가 그를 받아들여야 할 것이다. 그리고 나는 면회를 하게 해 달라고 부탁했다.

그는 파렴치한 혐의가 없는 데다 모든 면에서 꽤 고요하고 무해했기에, 그들은 그가 구치소 구내, 특히 풀이 덮인 안뜰을 자유롭게 돌아다니도록 허락했다. 그래서 나는 거기서 그를 발견했다. 그는 더없이 조용한 안뜰에서 높은 벽면을 향한 채 홀로 서 있었다. 좁다란 감방 창문을 통해 절도범들의 눈이 사방에서 그를 내다보고 있는 것 같았다.

"바틀비!"

"당신이 누군지 알고 있습니다." 그가 돌아보지 않고 말했다. "당신과 아무 말도 하고 싶지 않습니다."

"자넬 여기에 보낸 건 내가 아닐세, 바틀비." 그의 의심하는 듯한 표현에 가슴이 아려 오는 것을 느끼며 내가 말했다.

"그리고 이곳은 자네에게 극도로 불쾌한 곳은 아닐 걸세. 이곳에 있었다고 자네에게 어떤 수치스러운 꼬리표가 붙지는 않을 거야. 그리고 보게. 이곳은 사람들이 생각하는 것만큼 슬픈 장소는 아니라네. 보게. 하늘이 있고, 여기 풀이 있잖나."

"제가 있는 곳이 어딘지는 알고 있습니다." 그는 이렇게 대답할 뿐 더 이상 아무 말도 하지 않았고, 그래서 나는 그를 남겨 두고 돌아섰다.

다시 복도로 들어설 때 앞치마를 두른 넓적한 고깃덩어리처럼 생긴 남자가 다가오더니 엄지손가락을 자기 어깨 뒤쪽으로 젖히며 물었다. "저 사람이 선생님의 친구인가요?"

"그렇소."

"저 사람이 굶어 죽고 싶어 하나요? 만일 그렇다면 감방 음식을 먹고 살게 놔두세요. 그걸로 됐습니다."

"댁은 뉘시오?" 내가 그런 장소에서 그렇게 비공식적으로 말하는 사람을 어떻게 생각해야 할지 몰라 물었다.

"저는 이곳의 짬장입죠. 이곳에 친구를 둔 신사분들이 저를 고용해서 먹기 좋은 음식을 제공하게 합니다요."

"그렇습니까?" 내가 교도관 쪽을 보며 물었다.

그가 그렇다고 했다.

"음, 그렇다면." 내가 짬장(그들이 그를 그렇게 불렀으니)의 손에 은화를 쥐어 주며 말했다. "저기 있는 내 친구에게 특별한 관심을 써 주면 좋겠소. 저 친구에게 댁이 구할 수 있는 최고의 식사를 차려 주시오. 그리고 최대한 예의 바르게 대해 줘야 하오."

"그럼 저를 소개시켜 주시겠어요?" 짬장이 어서 자신의 예의범절을 보여 줄 기회를 갖고 싶어 못 견디겠다는 듯한 표정으로 나를 보며 말했다.

나는 그것이 필경사에게 도움이 될 거라는 생각에 동의했고, 짬장의 이름을 물으며 바틀비에게 함께 올라갔다.

"바틀비, 이분은 커틀리츠 씨라네. 이분이 자네에게 아주 유용하다는 걸 알게 될 거야."

"쇤네는 선생님의 하인, 선생님의 하인입죠." 짬장이 앞치마를 두른 채 허리를 깊이 숙여 인사하며 말했다. "이곳에서 즐겁게 지내시면 좋겠습니다. 널찍한 땅… 시원한 방… 저희와 한동안 여기 머무시길… 기분 좋게 지내시길 바랍니다. 저와 제 아내가 저희의 개인 공간에서 선생님께 식사 대접을 하는 즐거움을 주시겠는지요?"

"오늘은 식사를 하지 않는 쪽을 택하겠습니다." 바틀비가 외면하며 말했다. "음식이 안 받을 것 같습니다. 식사를 하는 데 익숙하지 않아서요." 그렇게 말하며 그는 천천히 안뜰의 다른 쪽으로 가서 막힌 벽을 향해 자리를 잡았다.

"이게 어떻게 된 거죠?" 짬장이 놀라서 빤히 쳐다보며 내게 말했다. "사람이 좀 이상하네요. 그렇지 않나요?"

"내 생각엔 저 친구가 조금 미친 것 같소." 내가 슬프게 말했다.

"미쳤다고요? 이런, 맙소사. 저는 선생님의 친구가 위조범 양

반이라고 생각했지 뭡니까. 그 사람들은 항상 창백하고 점잖거든요. 위조범들 말입니다. 저는 그 사람들을 동정할 수가 — 동정하지 않을 수가 없습니다, 선생님. 혹시 먼로 에드워즈*를 아시나요?" 그가 가슴 아픈 듯 덧붙이고는 말을 멈췄다. 그러더니 측은하다는 듯 한쪽 손을 내 어깨에 얹고 한숨을 쉬었다. "그 사람은 싱싱 형무소에서 폐병으로 죽었답니다. 그래서 먼로와 아는 사이가 아니신가요?"

"아니, 나는 위조범들과 사적으로 알고 지낸 적이 없소. 그런데 난 더 이상 여기 있을 수 없소. 내 친구를 돌봐 주시오. 당신이 손해 볼 일은 없을 것이오. 또 봅시다."

며칠이 지난 뒤 나는 다시 뉴욕 구치소 출입을 허락받아, 바틀비를 찾아 복도를 여기저기 누비고 다녔지만 그를 찾지 못했다.

"얼마 전에 그 사람이 감방에서 나오는 걸 봤습니다." 한 교도관이 말했다. "아마 안뜰에 가서 어슬렁거리고 있을 거예요."

그래서 나는 그 방향으로 갔다.

"그 말 없는 남자를 찾고 있습니까?" 다른 교도관이 나를 지나쳐 가다가 말했다. "저쪽에 누워 있어요. 저기 안뜰에서 자고 있더군요. 누워 있는 걸 본 게 20분도 안 됐어요."

안뜰은 쥐 죽은 듯 조용했다. 그곳은 일반 죄수들이 접근할 수

* 노예 상인이자 사업가. 여러 건의 사문서 위조와 사기 혐의로 유죄 선고를 받고 감옥에서 수감 중 사망했다.

없었다. 사방을 둘러싼 놀랍도록 두꺼운 벽들이 그 뒤의 모든 소리를 차단했다. 그 석조 건물의 이집트적인 특징이 내 마음을 우울하게 짓눌렀다. 그러나 발밑에서는 사방이 갇힌 공간에서 부드러운 잔디가 자라고 있었다. 그곳은 영원한 피라미드의 심장처럼 보였고, 새들이 떨어뜨린 잔디 씨앗이 어떤 신비한 마법에 의해 갈라진 틈 사이로 자라난 것 같았다.

벽 아래쪽에 이상하게 웅크린 자세로 무릎을 끌어당겨 안은 채 머리를 차가운 돌바닥에 대고 모로 누워 있는 피폐한 모습의 바틀비가 보였다. 그러나 어떤 움직임도 없었다. 나는 잠시 멈춰 섰다. 그런 다음 그에게 가까이 다가가서 몸을 숙였다. 그는 침침한 눈을 빤히 뜨고 있었지만, 그것을 제외하면 그는 깊이 잠들어 있는 것처럼 보였다. 왠지 그를 만져 보고 싶은 충동이 들었다. 내가 그의 손을 만졌을 때 짜릿한 떨림이 내 팔을 타고 올라왔다가 척추를 타고 발끝으로 내려왔다.

이제 짬장의 둥근 얼굴이 나를 유심히 보았다. "식사 준비가 되었는데요. 오늘도 안 드신답니까? 아니면 아예 식사를 하지 않고 사나요?"

"식사 없이 살지요." 내가 말하고는 눈을 감았다.

"아! 영면했군요, 그렇죠?"

"세상 임금들과 모사들과 함께."* 나는 중얼거렸다.

---

* 욥기 3장 13~14절을 인용한 것이다.

◈ ◈ ◈

이 이야기를 더 진행할 필요가 별로 없어 보일 것이다. 가엾은 바틀비의 매장에 대한 무미건조한 이야기는 상상력으로 쉽게 대신할 수 있을 테니 말이다. 그러나 독자와 헤어지기에 앞서, 해 두고 싶은 말이 있다. 혹시 이 짧은 이야기가 독자에게 충분한 흥미를 느끼게 해서 과연 바틀비가 누구이고 화자를 만나기 전에 어떤 방식의 삶을 살았는지에 대한 호기심을 불러일으켰다면, 내가 해 줄 수 있는 대답은 나 또한 그런 호기심을 충분히 공유하지만 그것을 전혀 충족시킬 수 없다는 것뿐이다. 그러나 바틀비가 죽고 두어 달 뒤에 내 귀에 들어온 한 가지 작은 소문이 있는데, 그것을 여기서 공개해야 할지 잘 모르겠다. 나는 그 소문의 근거가 무엇인지 알아낼 수 없었고, 따라서 지금 그것이 얼마나 사실인지도 말할 수 없다. 그러나 이 모호한 소문이, 그것이 아무리 슬퍼도, 내게 어떤 묘한 암시적인 흥미를 유발한 면이 없지 않았으니, 알고 보면 나와 같은 사람들이 있을지도 모르겠다. 그래서 여기서 짧게 언급하려 한다. 소문의 내용은 이랬다. 바틀비는 워싱턴의 배달 불능 우편물과에서 하급 직원으로 일하다가 조직 내의 어떤 변화로 인해 갑자기 쫓겨났다. 이 소문에 대해 숙고할 때 나를 사로잡는 감정들을 적절히 표현할 수 없다. 배달 불능 우편물(Dead letter)이라니! 죽은 사람들처럼 들리지 않는가? 타고난 기질과 불운으로 인해 파리한 절망에 빠지기 쉬운 남자를 상상해 보라. 이런 배달 불능 우편물들을 계속해서 취급하고 소각을 위해 분류하는 일보다 그런 절망감을 고조시키기에 더 적합한 일이 있을 수 있을까? 매년 마차 한 대에 가득 실릴 만한 우편물이 소각된다. 가끔 그 창백한 필경사는 접힌 종이 사이에서 반지를 발견한다. 그것이 끼워졌어야 할 손가락은 아마 무덤에서 썩어 가고 있을 것이다. 긴급 구호를 위해 보낸 지폐. 그것이 구제했을 누군가는 더 이상 먹지도, 굶주리지도 않을 것이다. 절망 속에 죽어 간 이들에게 보낸 용서의 편지, 희망 없이 죽어 간 이들에게 보낸 희망의 편지, 변함없이 계속되는 재앙에 질식해 죽어 간 이들에게 보낸 희소식. 삶의 심부름을 떠난 이 편지들은 죽음을 향해 질주한다.

아아, 바틀비여! 아아, 인간이여!

도슨트 성기현과 함께 읽는

『필경사 바틀비』

그린비 도슨트 세계문학 02
필경사 바틀비

초판1쇄 펴냄 2024년 4월 26일

지은이 허먼 멜빌
옮긴이 정해영
해설 성기현
펴낸이 유재건
펴낸곳 (주)그린비출판사
주소 서울시 마포구 와우산로 180, 4층
대표전화 02-702-2717 | **팩스** 02-703-0272
홈페이지 www.greenbee.co.kr
원고투고 및 문의 editor@greenbee.co.kr

편집 이진희, 구세주, 송예진 | **디자인** 이은솔, 박예은
마케팅 육소연 | **물류유통** 류경희 | **경영관리** 이선희

책값은 뒤표지에 있습니다. 잘못 만들어진 책은 구입처에서 바꿔 드립니다.
ISBN 978-89-7682-856-9 03840

독자의 학문사변행學問思辨行을 돕는 든든한 가이드 _(주)그린비출판사

그린비 도슨트 세계문학 02

도슨트 성기현과 함께 읽는 『필경사 바틀비』

철학자 들뢰즈와 함께 읽는 『필경사 바틀비』

그린비

차례

도슨트 성기현과 함께 읽는 『필경사 바틀비』

『필경사 바틀비』는 해답을 제시하는 소설이 아니라 질문을 던지는 소설입니다. '이렇게 살아야만 하는가?', '다르게 살아서는 안되는가?', '어떤 다른 삶이 가능한가?' 대부분의 우리는 해답에만 관심을 기울이지만, 사실 정작 중요한 것은 질문입니다. 수많은 서로 다른 해답들을 창출하는 질문, 그러나 그 어떤 해답으로도 결코 해소되지 않는 질문 말입니다. 창가에 우두커니 선 하나의 물음표와 같은 사내, 바틀비. 이제 그가 던진 질문을 이해하러 가 볼까요?

철학자 들뢰즈와 함께 읽는 『필경사 바틀비』*

들어가며

해결하기 어려운 질문과 마주할 때, 우리는 종종 철학에 도움을 청하곤 합니다. 삶이란 무엇이며, 어떻게 살아야 올바른 것일까요? 다양한 상황 속에서 올바른 행위를 구별할 수 있는 분명한 기준이 있을까요? 그러다 문득 다가오는 죽음이란 과연 무엇이며, 죽음 이후에는 다른 삶이 존재하는 것일까요? 철학자들은 이런 근본적인 질문들에 대해 숙고하고 나름의 답변을

* 이 글은 다음 논문의 일부를 쉽게 풀어 쓴 것입니다. 성기현, 「들뢰즈의 바틀비론에 대한 연구」, 『미학예술학연구』 70집, 한국미학예술학회, 2023.

마련한 사람들입니다. 그러니 그들의 조언을 얻는다면, 혼자 끙끙 앓는 것보다는 더 깊이, 더 멀리 생각할 수 있을지도 모릅니다.

여러분의 눈앞에 놓인 허먼 멜빌(Herman Melville, 1819~1891)의 소설 『필경사 바틀비』도 해결하기 어려운 몇 가지 질문을 제기하는 것 같습니다. 바틀비가 반복하는 '안 하는 쪽을 택하겠습니다'라는 문장을 어떻게 이해해야 할까요? 그 말은 왜 변호사를 그토록 당황하게 만들고, 심지어는 '무장해제'시키는 것일까요? 그 말을 거듭하면서 바틀비는 왜 점점 아무 일도 하지 않게 되는 것일까요? 고용주와 피고용인의 관계를 뛰어넘는 변호사와 바틀비의 묘한 유대감은 어디서 기인하는 것일까요? 그리고 무엇보다, 바틀비는 왜 죽어야 하는 것일까요? 변호사가, 더 나아가 월스트리트로 대변되는 자본주의 사회가 바틀비를 신뢰할 수는 없을까요?

이 글에서 우리는 한 철학자의 조언을 얻어 이 질문들에 답하고자 합니다. 그의 이름은 질 들뢰즈(Gilles Deleuze, 1925~1995)이고, 2차 세계대전과 68혁명으로 이어지는 유럽 현대사의 격동기를 살았던 사람입니다. 들뢰즈는 철학자이지만 예술에 조예가 깊어서 소설가 프루스트, 화가 프랜시스 베이컨 등 여러 예술가에 대해 책을 썼습니다. 그는 미국 문학, 그중에서도 멜빌을 아주 좋아했는데, 특히 『필경사 바틀비』에 대해서는 「바틀비, 혹은 정형어구」라는 글을 남기기도 했습니다. 여기서 '정형어구'는 비교적 고정된 형태로 반복해서 사용되는 언어적

표현을 뜻하고, 구체적으로는 바틀비의 '안 하는 쪽을 택하겠습니다'를 가리킵니다. 그럼 들뢰즈와 더불어, 다시 한번 바틀비의 세계로 들어가 보도록 합시다.

바틀비의 정형어구: '안 하는 쪽을 택하겠습니다'

본격적인 논의에 앞서,『필경사 바틀비』의 줄거리를 한번 정리해 볼까요? 1) 소설의 화자는 '가장 쉬운 방식이 최고의 삶의 방식'이라는 믿음을 가진 한 변호사로, 사업이 번창함에 따라 서기를 한 사람 더 고용합니다. '구제불능으로 쓸쓸해 보이는' 필경사 바틀비는 다른 서기들과는 달리 변호사의 집무실 내부에 칸막이로 구획된 자리를 배정받고, '창백한 모습으로 조용히 기계적으로' 업무를 수행합니다. 그러나 사흘째 되던 날, 변호사가 칸막이 밖으로 나와 서류를 대조하는 업무를 도와 달라고 하자 그는 '안 하는 쪽을 택하겠습니다'라고 거절하기 시작합니다. 2) 변호사는 바틀비의 거듭된 거절을 '수동적 저항'으로 이해하면서 '관대하게 해석'하려고 노력합니다. 그러다 바틀비가 몰래 사무실에서 외롭게 살고 있다는 사실을 발견하고는 '형제애'에서 기인하는 연민에 휩싸이게 되죠. 그는 바틀비를 인간적으로 설득하려 하지만 실패합니다. 3) 결국 바틀비를 해고하기로 결심한 다음 날, 변호사는 그의 눈이 흐릿하게 변해 버린 것을 발견합니다. 변호사는 더 이상 필경을 하지 않겠다는 바틀비에게 사무실을 떠나 달라고 말하지만 다시 한 번

거절당합니다. 바틀비로 인해 평판이 나빠지자, 변호사는 사무실을 옮기기도 하고, 며칠간 여행을 떠나기도 하지만 끝내 그에게서 벗어나지 못합니다. 그러는 사이 전 사무실의 건물주는 바틀비를 무단 점거로 경찰에 신고합니다. 구치소에 갇힌 그는 식사를 거부하다 결국 사망하기에 이릅니다. 4) 변호사는 소설의 말미에 바틀비에 관한 소문을 덧붙입니다. 그가 한때 워싱턴에서 '배달 불능 우편물'을 취급하는 업무를 맡았다는 것으로, 변호사는 그 경험이 그의 절망감을 키웠으리라 짐작하죠. 소설은 '아아, 바틀비여! 아아, 인간이여!'라는 변호사의 탄식으로 끝을 맺습니다.

소설의 도입부에서 바틀비는 필경 업무에 충실했고, 변호사는 그의 업무 능력에 크게 만족했습니다. 두 사람의 관계가 나빠지기 시작한 것은 바틀비가 정형어구를 사용하면서부터죠. 이 정형어구는 흔하게는 목적어 없이 '안 하는 쪽을 택하겠습니다'라는 형태로, 드물게는 목적어와 함께 '식사를 하지 않는 쪽을 택하겠습니다' 등 보다 구체적인 형태로 소설 전체에 걸쳐 반복됩니다. 들뢰즈는 이 정형어구에 두 가지 특징이 있다고 봅니다. 하나는 거부의 대상을 정확히 지칭하지 않는 '미규정성'인데, 그로 인해 정형어구는 상대방의 모든 제안을 거절하게 됩니다. 다른 하나는 '가정의 논리'를 무력화시키는 '선호의 논리'인데, 이를 통해 바틀비는 변호사의 가정을 무력화하고 자신이 선호하는 바를 관철하고자 합니다. 이제 이 두 특징을 하나씩 좀 더 자세히 살펴보도록 하겠습니다.

먼저, 정형어구의 미규정성이란 '안 하는 쪽을 택하겠습니다'라는 표현이 무엇을 거절하는지가 명확히 규정되어 있지 않다는 뜻입니다. 그러니 이 정형어구를 사용하는 한, 바틀비는 상대방이 무엇을 제안하든 거절하게 되고 더 많이 제안하면 할수록 더 많이 거절하게 됩니다. 서류 대조, 심부름, 필사, 사무실에서 떠나기, 월급과 여분의 돈, 직업 소개, 심지어는 식사까지도 말이죠. 정형어구는 목적어를 비워 두거나 채워진 목적어를 즉각 부정하는 방식으로 작동하면서, 자기 앞에 놓인 모든 것을 거절하는 강력한 위력을 발휘합니다.

다음으로, 정형어구에 담긴 '선호의 논리'를 살펴볼까요? 우리는 변호사가 '가정의 논리'를 따라 행동하는 데 반해, 바틀비는 '선호의 논리'에 따라 행동한다고 말할 수 있습니다. 예컨대, 바틀비에게 사무실을 떠나 달라고 말하는 대목에서 변호사는 이렇게 말합니다.

> 바틀비가 떠난다고 가정한 것은 정말로 멋진 생각이었지만, 따지고 보면 그것은 나의 가정일 뿐 바틀비의 가정은 아니었다. 중요한 것은 내가 바틀비가 떠날 거라고 가정하느냐가 아니라 그가 떠나는 쪽을 택할 거냐였다. 그는 가정하는 남자가 아닌 선택하는 남자였다.(49쪽)

병사에게 무언가를 명령할 때, 지휘관은 그가 당연히 자신의 명령을 따를 거라고 가정합니다. 너무나 자연스러워서 그런 가

정이 존재한다는 것조차 거의 의식되지 않는 그런 종류의 가정이죠. 바틀비에게 서류를 대조하라고 지시할 때, 변호사도 그가 당연히 자신의 지시를 따를 거라고 가정하고 있었습니다. 바틀비의 거절이 그에게 큰 충격을 준 이유는 바로 이 자연스러운 가정이 깨어졌기 때문입니다. 피고용인이 고용주의 지시를 거절하다니… 오랫동안 사무실을 운영하면서 그가 한 번도 경험하지 못했고, 어쩌면 상상조차 하지 못했던 일이 아닐까요?

거절하기를 거듭하면서, 바틀비는 자신이 변호사의 지시에 동의하지 않는다는 사실을, 그리고 변호사의 지시와는 다른 무언가를 선호한다는 사실을 보여 줍니다. 그러나 여러분이 이미 확인했듯이, 바틀비는 죽음에 이르는 순간까지도 자신이 무엇을 선호하는지 끝내 밝히지 않습니다. 그는 과연 무엇을 원했던 걸까요? 그가 자신의 선호를 밝히지 않는 데는 특별한 이유가 있을까요? 잠시 후 이 글의 후반부에서 이 점을 좀 더 고민해 보려고 합니다.

정형어구의 효과: 변호사의 광기와 바틀비의 마비

지금까지 우리는 바틀비가 사용하는 정형어구의 두 특징, 즉 '미규정성'과 '선호의 논리'를 살펴보았습니다. 이제는 논의의 초점을 옮겨서, 정형어구가 야기하는 효과의 문제를 살펴보기로 하죠. 우선 눈에 띄는 것은 바틀비의 정형어구가 일종의 전염성을 갖고 있어서 사무실 동료들과 변호사에게 서서히 퍼져 나간다

는 사실입니다. 예컨대, 다음의 대목을 볼까요?

> 어쩐 일인지 최근에 나는 온갖 경우에, 꼭 적절하지 않은 상황에서도, 본의 아니게 '택한다'는 표현을 쓰게 되었다. 필경사와의 접촉이 이미 나에게 정신적으로 심각하게 영향을 미치고 있다는 생각에 몸을 떨었다. 그리고 아직 드러나지 않은 더 심각한 이상이 또 있을까? 이런 걱정이 나로 하여금 즉각적인 수단을 취하도록 만드는 데 효과가 없지 않았다.
> 니퍼스가 무척 언짢고 부루퉁한 모습으로 물러나고 있을 때, 터키가 온화하고 공손하게 다가와서 말했다.
> "외람되지만 변호사님, 어제 제가 바틀비에 대해 생각해 봤는데요. 제 생각에는 그 친구가 매일 좋은 에일 맥주를 1리터씩 마시기로 택한다면, 그 친구의 행실을 고쳐서 문서 검토 작업을 돕게 하는 데 한결 도움이 될 것 같습니다."
> "그러니까 자네도 그 단어를 쓰는군." 내가 조금 흥분해서 말했다.(43쪽)

그런데 중요한 것은 정형어구의 효과가 이러한 전염성에 그치지 않는다는 사실입니다. 정형어구는 그것을 직접 말하고 듣는 두 사람, 즉 바틀비와 변호사에게 극적인 변화를 일으키는데, 그 변화는 각각 '광기'와 '마비'로 요약될 수 있습니다.

먼저, 변호사의 경우를 살펴보기로 하죠. 작품의 서두에서 그는 자신이 '신중'하고 '체계적'인 성격 덕분에 고객들에게 '대단

히 안전한' 사람으로 여겨지고 있다고 소개합니다. 하지만 바틀비를 대하는 그의 태도는 이런 자기소개와는 딴판입니다. 바틀비가 처음으로 자신의 지시를 거절하는 장면에서도, 그가 허락 없이 사무실에 살고 있다는 사실을 알게 되는 장면에서도, 변호사는 크게 당황할 뿐 아니라 제대로 대응하지도 못합니다.

> 누구건 다른 사람이 그랬다면, 나는 지독한 격분에 빠져서 더 이상 아무 말도 못 하게 하고 내 면전에서 수치스럽게 쫓아 버렸을 것이다. 그러나 바틀비에게는 이상하게 나를 무장해제시킬 뿐 아니라 신기한 방식으로 마음을 움직이고 당황스럽게 만드는 뭔가가 있었다.(25쪽)

> 죽은 사람처럼 창백하고 신사처럼 **태연**하면서 동시에 확고하고 침착한 태도로 일요일 아침 내 법률사무실을 점유하고 있는, 전혀 추측하지 못했던 바틀비의 출현은 나에게 이상한 영향을 미쳐서, 나는 곧바로 내 사무실의 문가에서 슬그머니 발길을 돌려 그가 바라는 대로 했다.(35쪽)

그뿐이 아닙니다. 바틀비의 영향 때문인지, 변호사는 기이한 말과 행동을 남발하기 시작합니다. 그는 바틀비에게 급여의 2배에 가까운 돈을 추가로 주겠다고, 무엇이든 원하는 직업을 구해 주겠다고, 심지어는 자신의 집에서 함께 살자고 제안합니다. 또 바틀비 대신 자신이 떠나겠다며 멀쩡한 사무실을 옮기기도 하

고, 바틀비에 대해 불평하는 새로운 세입자를 피하려고 며칠씩 도망을 치기도 하죠.

노년의 점잖은 변호사가, 자신이 잘 아는 법률로 바틀비를 고소하기는커녕, 왜 이렇게 미친 듯이 행동하는 것일까요? 들뢰즈는 그 원인을 변호사의 계약 위반에서 찾습니다. 변호사와 바틀비가 처음 만나는 대목을 떠올려 봅시다. 그는 아무런 정보도 없이 바틀비를 고용하고, 다른 직원들과는 달리 자신의 집무실을 함께 쓰게 하며, 칸막이로 가려 그를 숨겨 주기까지 합니다. 다른 서기들의 경우를 생각해 보면, 이는 지나친 배려가 아닐 수 없죠.

이런 배려 속에서 놀라운 업무 능력을 발휘하던 바틀비가 정형어구를 사용하기 시작한 것은 변호사가 그를 칸막이 밖으로 불러낸 직후의 일입니다. 그러니 우리는 바틀비를 숨겨 주던 칸막이가 무언가 상징적인 것은 아닌지 생각해 보게 됩니다. 어쩌면 두 사람 사이에 '보호'라는 암묵적인 계약이 존재했던 것은 아닐까요? 칸막이에서 벗어나 사람들의 시선에 노출된 뒤 바틀비는 눈에 이상이 생기고, 그걸 본 변호사는 마음이 복잡해집니다. 자신의 기이한 말과 행동을 정당화하기 위해, 변호사는 때로는 바틀비에게 형제애를 느낀다고, 때로는 그에게 연민의 감정이 생겼다고, 때로는 그를 돌보는 것이 자신의 사명이라고 말합니다. 하지만 그런 말들에는 바틀비와의 계약을 깨뜨렸다는 묘한 죄책감이 배어 있는 것 같습니다.

다음으로, 정형어구가 바틀비에게 미치는 효과를 살펴보기로

합시다. 정형어구를 거듭하면서 그는 자신이 선호하지 않는 일들을, 예컨대 변호사가 지시하는 사본 대조나 심부름 같은 일들을 하지 않게 됩니다. 그뿐이 아닙니다. 그 과정에서 바틀비는 자신이 선호하는 일들마저, 그러니까 그가 지금 하고 있는 일들마저 할 수 없게 됩니다. 일종의 마비 현상이 일어나기라도 한 것처럼 말입니다. 그는 더 이상 필사를 하지도 못하고, 사무실에 살지도 못하고, 다른 직업을 갖지도 못하고, 식사를 하지도 못합니다. 직업이 무엇인지, 사는 곳이 어디인지, 장래 희망이 무엇인지, 장래라는 게 있기나 한 건지…. 우리가 바틀비에 대해 말할 수 있는 이러저러한 규정들이 그렇게 점점 사라져 갑니다.

이 점은 변호사와 비교하면 더 분명하게 드러납니다. 변호사는 신앙인이자 직업인이자 고용주이자 세입자라는 여러 규정들을 갖지만, 바틀비에게는 그런 규정들이 더 이상 존재하지 않으니까요. 인간이라고 말할 수는 있지만, 그 외에 무엇이라고 더 보탤 말이 없는 그런 존재…. 들뢰즈는 그런 바틀비를 호모 탄툼(Homo Tantum)이라고 부릅니다. 라틴어로 호모는 '인간', 탄툼은 '오직'이라는 뜻이니, 호모 탄툼은 '인간이기만 한 존재'라고 할 수 있겠습니다.

미규정 상태의 호모 탄툼이 되는 것이 바틀비의 목표일까요? 호모 탄툼은 사회가 허락하지 않는 삶의 방식을 가진 존재, 그런 이유 때문에 사회에서 배제되는 존재입니다. 그런데 들뢰즈는 이런 호모 탄툼이 역설적으로 어떤 정치적 가치를 가질 수 있다고 봅니다. 호모 탄툼은 사회를 구성하고 작동시키는 이분법, 즉

'복종' 아니면 '저항'이라는 이분법에서 벗어나 있기 때문입니다.

바틀비의 동료인 두 서기, 터키와 니퍼스의 경우를 한번 생각해 봅시다. 그들은 근무 시간 중 절반은 변호사의 명령에 복종하고 다른 절반은 의식적·무의식적으로 이에 저항하는데, 이런 모습은 그 이분법 자체가 변호사의 사무실(월스트리트, 자본주의)을 지탱하고 있음을 보여 줍니다.

> 나로서는 다행히도, 소화불량이라는 특유의 원인으로 인한 니퍼스의 성마름과 신경질은 주로 오전에 나타나는 반면 오후에는 비교적 유순해졌다. 그러니까 터키의 발작은 열두 시 정도에 시작되기 때문에, 나는 두 사람의 기행을 동시에 직면할 필요가 없었다. 그들의 발작은 보초를 서듯 교대로 일어났다. 니퍼스가 시작하면 터키는 멈추었고, **또 반대로** 터키가 시작하면 니퍼스가 멈추었다. 그런 상황에서 이것은 썩 괜찮은 자연적인 배열이었다.(19쪽)

니퍼스와 터키는 '복종'과 '저항'을 오가지만, 그 두 가지는 모두 사무실이라는 체제의 허용 범위 안에 있습니다. 그들은 결코 그 체제 자체를 부정하거나 거기서 벗어나려고 하지 않는 것이죠. 그렇다면 이러한 이분법 자체에서 벗어난다는 건 과연 무엇을 뜻하는 걸까요? 여러분에게 친숙한 영화 한 편을 통해 이 점을 좀 더 설명해 보려고 합니다.

봉준호 감독의 「설국열차」(2013)를 보셨나요? 이 영화의 설

정은 다음과 같습니다. 기후 실험의 실패로 빙하기가 도래하여 지구상의 수많은 생명체들이 얼어 죽은 뒤, 살아남은 소수의 사람들이 설국열차 안에 모여 살고 있습니다. 그런데 우리가 살고 있는 세계가 그러하듯, 설국열차에도 앞칸과 꼬리칸으로 상징되는 극심한 사회적·경제적 대립이 존재합니다. 앞칸 사람들은 훌륭한 음식과 화려한 옷차림으로 여흥을 즐기지만, 꼬리칸 사람들의 생활은 처참하기 짝이 없습니다. 참지 못한 꼬리칸 사람들은 반란을 도모하고, 수많은 희생을 치르며 조금씩 앞칸으로 나아갑니다. 하지만 앞칸에 이르러, 그들은 충격적인 진실과 마주하게 됩니다. 놀랍게도, 그들이 일으킨 반란은 앞칸 지도자가 이미 예측하고 심지어는 조장했던 것이었습니다. 그는 꼬리칸 사람들의 주기적인 반란을 통해 설국열차의 인구수를 조절하고, 부족한 식량 문제를 타개해 왔던 것입니다.

생각해 보면, 외견상의 대립에도 불구하고 앞칸과 꼬리칸은 모두 설국열차라는 체제를 구성하는 일부입니다. 꼬리칸 사람들의 반란이 성공한다면 과연 어떤 일이 벌어질까요? 새롭고 더 나은 체제가 만들어질까요? 어쩌면 그 체제 자체는 조금도 변하지 않은 채, 앞칸 사람들과 꼬리칸 사람들이 서로 자리만 맞바꾸는 일이 일어날지도 모릅니다. 그러나 영화의 후반부에서, 진실을 알게 된 몇몇 사람들은 그 체제 자체에서 벗어나는 선택, 다시 말해 설국열차를 멈춰 세우고 그 바깥으로 향하는 선택을 감행합니다. 그리고 모든 생명체가 사라졌다고 믿었던 얼어붙은 지구에서, 두 어린 생존자는 생명의 흔적을 발견합니다. 설국열

차 사람들이 믿어 왔던 중요한 가정, 즉 그 열차가 생존을 보장하는 유일한 체제이고 앞칸과 꼬리칸이 그 체제를 유지하는 유일한 삶의 방식이라는 가정이 실은 거짓이었던 셈입니다.

이제 바틀비의 이야기로 돌아갑시다. 호모 탄툼으로 변해 가는 바틀비의 모습은 꼬리칸 사람들의 반란과 같은 저항, 즉 기성의 체제가 허용하고 또 때로는 조장하는 그런 저항이 아닙니다. 호모 탄툼은 기성의 체제가 감당할 수 없는 지점, 보다 구체적으로 말하자면 그 체제를 대변하는 인물인 변호사가 감당할 수 없는 지점이기 때문입니다. 호모 탄툼을 받아들이기 위해서는 기성의 체제와 그것을 운영하는 사회적·경제적 규범들 '너머'로 나아가야 하며, 변호사가 주저하는 것도 바로 그런 이유 때문입니다.

기성의 체제 '너머', 그 체제가 허용해 왔던 것과는 구별되는 인간들 간의 새로운 관계…, 들뢰즈는 멜빌을 위시한 19세기 미국 문학이 바로 그런 '너머'를 추구했다고 봅니다. 아시다시피, 미국은 이민자들의 나라입니다. 멀리 영국을 떠나 미지의 신대륙에 도착한 이민자들이 17세기에 그 나라를 건설했죠. 독립 전쟁의 승리, 영토 확장, 인구 증가로 나날이 발전하던 19세기의 미국에서, 그 후손들은 자신의 선조들과 마찬가지로 고향을 떠나온 수많은 다른 이민자들과 마주하게 됩니다. 인종·종교·관습 등이 너무나도 다른 이민자들 말입니다. 그 무수한 차이들을 뛰어넘어, 그 이민자들을 형제자매처럼 대하는 그런 사회를 만들 수 있을까요? 바틀비처럼 도저히 이해할 수 없는 말과 행동

을 하는 사람까지도, 그저 인간이라는 이유에서 아끼고 사랑할 수 있을까요? 이것이 바로 그들이 스스로에게 제기했던 물음, '보편적 형제애'에 대한 물음입니다. 그리고 이 물음 앞에 당당해지는 것이야말로 이민자들의 나라 미국의 꿈이자 19세기 미국 문학에 아로새겨진 꿈이었습니다. 사무실에서 외롭게 살아가던 바틀비를 두고 변호사가 '나와 같은 아담의 아들'이라고 말하던 장면을 기억하시나요? 그렇습니다. 멜빌은 바틀비와 변호사를 통해 이 '보편적 형제애'의 가능성과 한계를 따져 보고 있는 것입니다.

멜빌의 인물들: 편집증자, 심기증자, 선지자

지금까지 살펴보았듯이, 바틀비의 정형어구는 주변 사람들을 '전염'시키는 가운데 화자인 바틀비를 '마비'로, 청자인 변호사를 '광기'로 몰아넣습니다. 바틀비는 사무실에 우두커니 서서 아무런 감정의 동요도 보이지 않지만, 이곳저곳으로 도망을 다니는 변호사의 마음에는 바틀비에 대한 분노와 그에 대한 사랑이 번갈아 나타납니다. 이 기묘한 관계를 과연 어떻게 규정하면 좋을까요?

이 문제를 해결하기 위해서는 멜빌 소설의 인물들이 갖는 특징을 좀 더 이해할 필요가 있습니다. 들뢰즈는 멜빌이 창조한 주요 인물들을 세 유형으로 구별하는데, 이 구별을 빌려 말하자면 두 사람의 관계는 다음과 같습니다. 첫째, 편집증자(偏執症

者), 심기증자(心氣症者), 선지자(先知者)라는 세 유형 가운데 바틀비는 심기증자에, 변호사는 선지자에 해당합니다. 둘째, 두 사람의 관계는 다른 본성을 지닌 자와 그를 알아보는 자, 규범을 위반하는 자와 그것을 지키는 자, 배신당하는 자와 배신하는 자로 요약됩니다.

먼저, 첫 번째 본성에 속하는 대립적인 두 유형, 편집증자와 심기증자를 살펴볼까요? 편집증자는 자신의 선택에 집착하면서 결코 포기하지 않는 사람을 말하고, 심기증자는 걱정이 너무 많아서 아무것도 하지 않으려는 사람을 말합니다. 편집증자는 '하기'를 선호하고 심기증자는 '하지 않기'를 선호하는 셈이니, 두 유형은 저마다 자신이 선호하는 바를 추구한다는 점에서 같은 본성에 속한다고 할 수 있겠죠.

들뢰즈는 편집증자의 선택이 '프로메테우스적인 죄'라고 말합니다. 제우스가 공표한 규범을 거슬러, 그것이 함축하는 처벌에도 불구하고 프로메테우스가 자신의 선택(인간에게 불을 가져다주기)을 추구하듯이, 편집증자도 그런 식으로 행동한다는 것이죠. 멜빌이 창조한 인물들 중 편집증자에 해당하는 가장 대표적인 인물은 『모비 딕』의 에이해브 선장입니다. 그는 마주치는 모든 고래를 잡아야 한다는 포경선의 규범을 거슬러, 신성모독이라는 일등항해사 스타벅의 만류와 저주에도 불구하고 모비 딕이라는 고래를 선택합니다. 자신의 한쪽 다리를 앗아간 모비 딕을 다시 만나려고, 다른 고래들은 아랑곳하지 않은 채 그는 온갖 위험을 무릅쓰고 그 고래를 뒤쫓습니다.

에이해브 선장은 자신의 이런 행동이 비이성적이며, 어떠한 긍정적인 목표에도 도달할 수 없다는 사실을 잘 알고 있습니다. 그럼에도 그 선택을 포기하지 못하니 그는 편집증자인 것이죠. 그는 이렇게 말합니다.

> "죄수가 벽을 뚫지 않고 밖으로 나갈 수 있나? 나한테는 이 흰 고래가 나를 바싹 에워싸는 벽이라네. 가끔은 그 너머에 아무것도 없다는 생각이 들기도 해. 하지만 그것만으로 충분해."(허먼 멜빌, 『모비 딕』 상, 강수정 옮김, 열린책들, 2013, 279쪽)

심기증자는 육체적으로 허약하고, 기이한 아름다움을 띠고 있으며, 말이 없고 행동이 어색하다는 특징을 갖습니다. 모두 바틀비에게서 쉽게 확인할 수 있는 것들이죠? 들뢰즈는 심기증자가 '하지 않기'를 선택함으로써 성스러운 존재가 된다고 말하는데, 이러한 생각은 근대 철학자 쇼펜하우어에게서 빌려 온 것입니다.

쇼펜하우어는 우리에게 드러난 세계가 그 배후의 맹목적이고 비인격적인 의지들이 빚어낸 결과라고 봅니다. 아름다운 폭포는 바위의 드높음과 물의 세찬 흐름이 만나 빚어낸 결과이고, 김 씨의 죽음은 암의 증식과 그의 약한 건강 상태가 만나 빚어낸 결과입니다. 미리 정해진 목적도 없고 인간의 기대나 바람과도 무관한 그런 의지들이 존재하고, 그런 의지들 간의 만남이 우리를 울고 웃게 하는 온갖 일들의 원인이라는 것입니다.

쇼펜하우어는 생성과 소멸이 인간의 기대와 바람에 달려 있는 게 아니라 이렇듯 맹목적이고 비인격적인 의지들에 달려 있다는 사실을 깨달아야 한다고 말합니다. 이러한 깨달음은 우리에게 두 방향으로 영향을 미칩니다. 한편으로, 우리는 다른 모든 인간 및 사물과 마찬가지로 내 안에도 맹목적이고 비인격적 의지들이 요동치고 있음을 발견하고, 자발적인 체념을 통해 헛된 기대와 바람에서 벗어날 수 있게 됩니다. 다른 한편으로, 우리는 다른 모든 인간 및 사물도 나와 마찬가지로 그런 의지들의 노예와 다를 바 없음을 이해하고, 그(것)들의 고통을 나의 고통처럼 느낄 수 있게 됩니다. 쇼펜하우어에 따르면, 아시시의 성 프란체스코와 같은 위대한 성인들은 이 성스러움의 두 요소, 즉 '무의지'와 '동고(同苦)의 감정'을 갖춘 사람들입니다. 생각해 보면, 우리는 『필경사 바틀비』에서도 이 두 요소를 발견할 수 있습니다. '무의지'의 화신인 바틀비와 그에게 '형제애'를 느끼는 변호사 말입니다. 여기서는 두 요소가 두 사람에게 나누어져 있으니, 그들은 그야말로 한 쌍인 것이죠.

다음으로, 두 번째 본성에 속하는 선지자 유형에 대해 살펴봅시다. 그는 첫 번째 본성에 속하는 두 유형(편집증자, 심기증자)과 어떤 점에서 구별되는 것일까요? 선원들을 죽음으로 몰고 가는 에이해브 선장이 그러하듯 편집증자가 아이들을 집어삼키는 '괴기스러운 아버지'와 같다면, 가족도 친구도 없이 살아가는 바틀비가 그러하듯 심기증자는 '아버지 없이 버려진 아들'과 같습니다. 그러나 심기증자는 '아버지를 대신하는 존재'를 만나게 되

는데, 그가 바로 선지자입니다.

첫 번째 본성에 속한 두 인물과는 달리, 선지자는 이야기를 주도하는 인물이 아닙니다. 바틀비의 이야기를 전하는 변호사가 잘 보여 주듯이, 그는 오히려 증인·이야기꾼·해석자에 가깝죠. 그럼에도 그가 선지자라고 불리는 것은 편집증자와 심기증자를 앞서 발견하고 깊이 이해하는 능력을 갖고 있으며, 선하고 너그러운 마음으로 그들을 보호하고자 하기 때문입니다. 그런데 문제는 그가 기성의 체제에 속한 인물, 그 체제를 유지하는 규범을 준수하려는 인물이라는 사실입니다. 따라서 그는 편집증자나 심기증자가 거역하는 바로 그 규범을 수호하고자 하며, 그 결과 불가피하게 그들을 배반하게 됩니다.

『필경사 바틀비』로 돌아가서 이 점을 확인해 볼까요? 변호사는 자본주의의 사회적·경제적 규범과 바틀비에 대한 형제애 사이에서 갈등합니다. 그는 고용주의 지시를 이행하지 않으면 피고용인이 될 수 없다고, 임대료를 내지 않으면 사무실에서 살 수 없다고 굳게 믿지만, 바틀비는 그런 믿음에 끝까지 저항하니까요. 바틀비를 두고 고민하는 것을 보면, 변호사가 천성이 나쁜 사람은 아닌 것 같습니다. 하지만 그의 말과 행동은 자본주의적 사고방식을, 보다 구체적으로 말하자면 경제적 합리성이라는 사고방식을 결코 넘어서지 못합니다. 예컨대, 그가 서기인 터키에게 자신의 코트를 선물하는 대목을 잠시 살펴보도록 합시다.

> 어느 겨울날 나는 터키에게 내가 입던 꽤 훌륭해 보이는 코트를 선물했다. 속에 솜을 넣어서 아주 편안하고 따스한 회색 코트였는데, 무릎에서 목까지 일자로 단추를 채우게 되어 있었다. 나는 터키가 내 호의에 감사하며 오후 시간의 무분별함과 소란스러움을 줄일 거라고 생각했다.(18쪽)

인용문에서 쉽게 확인할 수 있듯이, 변호사가 자선을 베푸는 이유는 그로 인해 터키의 업무 태도가 개선될 것이라고 기대하기 때문입니다. 즉 변호사는 자선을 베푸는 게 결과적으로는 자신에게 더 이익이라고 판단했던 것입니다.

이런 관점에서 생각해 보면, 바틀비를 사무실에서 내보내기로 한 변호사의 결정을 쉽게 이해할 수 있습니다. 변호사가 바틀비에게 느꼈던 형제애, 즉 그가 '나와 같은 아담의 아들'이라는 깨달음도 자신의 사회적 권위가 무너지고 경제적 이익이 훼손되는 상황에서는 더 이상 유지될 수 없었던 것입니다. 변호사가 보기에, 바틀비가 지시를 거듭 거절하는 것은 자신의 고용주로서의 권리를 침해하는 일이고, 바틀비가 사무실에 거주하는 것은 자신의 세입자로서의 권리를 침해하는 일입니다. 요컨대, 바틀비는 자본주의 사회의 가장 근본적인 사회적·경제적 규범에 저항하고 있는 것이죠. 바로 이 지점에서 변호사는 바틀비에 대한 형제애를 버리고 자본주의의 사회적·경제적 규범을 선택합니다. 작품의 대미를 장식하는 '아아, 바틀비여! 아아, 인간이여!'라는 변호사의 탄식을 기억하시나요? 들뢰즈는

이 탄식이 변호사의 갈등을 요약해 주는 것이라고 봅니다. 형제애에도 불구하고, 바틀비를 배반하고 사회적·경제적 규범을 선택할 수밖에 없었던 그의 고뇌가 거기에 담겨 있다는 것이죠.

'보편적 형제애'의 실패와 바틀비의 죽음

지금까지 우리는 바틀비가 심기증자 유형에 속하고, 변호사가 선지자 유형에 속한다는 사실을, 그리고 두 유형의 관계 속에서 변호사가 바틀비를 배반할 수밖에 없었다는 사실을 확인했습니다. 이제 두 사람의 관계에 대해 다음과 같은 결정적인 질문을 던져 보기로 하죠. 『필경사 바틀비』의 비극적 결말과는 달리, 바틀비와 변호사가 공존할 수는 없을까요? 변호사가 바틀비를 배반하는 대신 신뢰하고, 그리하여 두 사람이 함께 살아갈 수는 없을까요?

들뢰즈는 멜빌을 위시한 19세기 미국 문학이 추구했던 '보편적 형제애'를 다음의 두 과제로 나누어 설명합니다. 첫 번째 과제는 첫 번째 본성에 속한 이들의 공동체를 구축하는 것으로, 길을 떠난 호모 탄툼들이 혈연과는 무관하게 서로를 형제와 자매로 받아들이는 과정에서 이루어집니다. 예컨대, 멜빌의 『피에르, 혹은 모호함』에서 귀족 청년 피에르는 아버지가 남긴 부와 명예를 버리고 자신이 이복 누이라고 '믿는' 가난한 이사벨과 함께 길을 떠납니다. 그것은 새로운 공동체(혈연, 신분, 재산, 학력 등과 무관한 집단), 새로운 감정(소유하지 않는 열정), 새로

운 정체성(작가)을 실험하는 생성의 과정이지만, 끝내 실패하는 것으로 그려지죠.

두 번째 과제는 첫 번째 본성에 속한 이들과 두 번째 본성에 속한 이들이 공존하는 것으로, 양자가 본성상의 차이를 뛰어넘어 서로를 신뢰할 때 이루어집니다. 『필경사 바틀비』는 바로 이 두 번째 과제를 다루고 있는 것이 아닐까요? 입으로는 '형제애'를 말하지만, 바틀비와 함께하기에 변호사는 너무나 갇혀 있습니다. 따라서 바틀비는 그의 아버지 노릇을 방해하는 자, 안녕과 자선이라는 그의 유럽식 도덕을 뒤흔드는 자, 다른 본성을 지닌 자신을 신뢰해 달라고 그에게 촉구하는 자로 나타납니다.

> 긴장병과 거식증에 걸려 있음에도 바틀비는 환자가 아니라 병든 미국을 치료하는 의사, […] 새로운 그리스도, 우리 모두의 형제다.(Gilles Deleuze, "Bartleby, ou la formule", *Critique et clinique*, Paris: Minuit, 1993, p. 114)

위의 인용문에서 들뢰즈는 바틀비를 형제, 그리스도, 의사라고 부릅니다. 그 이유는 다음과 같습니다. 첫째로, 미국의 이민자들이 그러했듯이, 또 이주·실직·사별 등을 겪으며 살아가는 우리 모두가 그러하듯이, 호모 탄툼이라는 점에서 바틀비는 '우리 모두의 형제'입니다. 둘째로, 바틀비는 '새로운 그리스도'입니다. 보편적 형제애라는 새로운 사랑의 복음을 전하지만 그것을 성취하지 못한 채 죽고 마니까요. 그리고 바로 그 죽음을

통해, 그는 (자신을 배반한 변호사를 포함해서) 모든 사람들에게 자신의 형제가 되어 달라고, 아니면 적어도 자신을 신뢰해 달라고 호소하니까요. 셋째로, '의사'라는 규정은 바틀비의 호소가 '병든 미국'을 대상으로 한 것이었으며, 유감스럽게도 그것을 치료하기에는 역부족이었다는 사실을 함축합니다. 사회정치적으로는 권위주의가, 경제적으로는 물질만능주의가 넘쳐나던 19세기의 미국은 보편적 형제애를 실현하기에 너무나 병들어 있었다는 것이죠. 같은 본성을 지닌 자들과 공동체를 만들지 못한 채 고립된 바틀비의 모습, 그런 바틀비를 외면한 채 자신의 사회적 권위와 경제적 이익으로 복귀하는 변호사의 모습을 떠올려 봅시다. 그것은 병든 미국 사회에 대한 멜빌의 날카로운 진단이며, 그런 사회에서 바틀비는 감옥에 갇혀 쓸쓸히 죽어 갈 수밖에 없었습니다. 멜빌은 한편으로는 보편적 형제애를 옹호하고 그것의 가능성을 타진했지만, 다른 한편으로는 그것의 위기를 진단하고 그 실패를 예언했던 것입니다.

나가며: 바틀비 효과

지금까지 우리는 철학자 들뢰즈의 안내를 따라 『필경사 바틀비』의 몇몇 논점들을 살펴보았습니다. 바틀비가 사용하는 정형어구의 효과, 멜빌의 인물 유형들을 통해 살펴본 바틀비와 변호사의 관계, 멜빌을 위시한 19세기 미국 문학의 지향점이었던 보편적 형제애 등이 바로 그 논점들이었죠. 그리고 그 과정에

서, 우리는 바틀비의 죽음이 보편적 형제애의 실패를 시사한다는 사실을 확인했습니다. 그런데 이러한 실패는 바틀비의 저항이 그저 헛된 시도에 불과하다는 의미가 아닐까요? 멜빌이 스스로 보편적 형제애를 실패라고 판단했다면, 오늘날 우리가 그것을 옹호할 수는 없는 일이 아닐까요? 이러한 물음들에 답하기 위해서는, 바틀비가 소설의 안팎에서 불러일으키는 여러 효과들을 한번 살펴보는 게 좋을 것 같습니다.

먼저 소설의 내부에서, 우리는 변호사가 끝내 바틀비를 잊지 못한다는 사실을 발견합니다. 변호사는 법원을 찾아가 바틀비의 신원을 보증하고, 선처를 호소하며, 그가 감옥에서 제대로 된 식사를 할 수 있도록 배려합니다. 그리고 무엇보다, 그는 바틀비가 잊히지 않도록 그의 이야기를 글로 남겨 후대에 전합니다. 그리스도가 죽은 뒤 비통한 눈물과 회한 속에서 그의 말씀과 행동을 기록했던 사도들처럼 말입니다. 이런 관점에서 보자면, '아아, 바틀비여! 아아, 인간이여!'라는 변호사의 탄식도 그 의미가 달라지는 것 같습니다. 이 탄식을 통해, 그는 바틀비가 아니라 자본주의의 사회적·경제적 규범을 선택했던 자신의 결정을 돌이켜 보는 것이 아닐까요? '그 모든 차이에도 불구하고, 내가 바틀비의 형제가 될 수는 없었을까? 아니면 적어도 그를 끝까지 신뢰할 수는 없었을까?' 자신이 바틀비와 맺을 수 있었던 다른 관계들을 이렇게 모색해 보면서 말입니다.

다음으로 소설의 외부에서, 우리는 『필경사 바틀비』가 놀라운 생명력을 지니고 있다는 사실을 발견합니다. 바틀비를 사랑

하는 독자들은 서점과 강의실만이 아니라 거리와 광장에도 존재합니다. 2011년 9월, 빈부격차의 심화와 금융기관의 부도덕성에 분노한 일군의 시민들이 '월가를 점령하라'(Occupy Wall Street)는 구호 아래 뉴욕 맨해튼에 모였습니다. 시위는 미국 각지를 넘어 80여 개 나라의 9,000여 개 도시로 번져 나가며 두 달 이상 계속되었고, 소득 양극화에 대한 근본적인 성찰('우리는 99%다')을 촉구하는 동시에 금융기관의 사회적 책임을 강조했습니다. 시위에 참여한 시민들은 때로는 '월가를 점령한 최초의 인물'로, 때로는 '시민불복종의 수호성인'으로 바틀비를 소환했고, 2011년 11월에는 『필경사 바틀비』를 함께 읽는 행사를 열기도 했습니다. 혹자는 『필경사 바틀비』가 그러하듯, 월가 시위에서도 미래를 위한 구체적인 계획이나 분명한 요구 사항을 발견할 수 없었다고 비판할지도 모릅니다. 그러나 그런 계획과 요구 사항이 없다는 사실, 바틀비가 그러하듯 자신들의 지향점을 비워 두었다는 사실이야말로 서로 다른 계획과 요구 사항을 지닌 시민들을 하나로 모아 내는 가장 강력한 힘이었습니다.

소설의 안팎에서 이러한 효과들을 산출하는 바틀비의 놀라운 능력은 과연 어디서 기인하는 것일까요? 들뢰즈와 동시대를 살았던 프랑스의 철학자 자크 데리다(Jacques Derrida, 1930~2004)는 그 원천을 바틀비의 침묵에서, 그 침묵이 함축하는 일종의 소크라테스적 아이러니에서 발견합니다. 소크라테스의 산파술을 아시나요? 산파가 산모를 도와 아이를 낳듯이, 소크라테스는 제자를 도와 진리를 낳고자 했습니다. 그런데 진리를 낳는 기술

인 그의 산파술에는 어떤 아이러니가 존재합니다. 놀랍게도, 그의 산파술은 주어진 주제에 대해 스승이 아무것도 모른다고 말하는 데서 성립하기 때문입니다. 스승이 모른다고 말하는 것은 제자가 스스로 생각하게 만들기 위함입니다. '무지'(無知)를 통해 '지'(知)를 생산하기…. 바로 여기에 산파술의 핵심인 소크라테스적 아이러니가 있습니다. 바틀비는 변호사의 지시를 거절함으로써 자신이 다른 선택을 할 수 있다는 사실을 보여 주지만, 그 다른 선택이 무엇인지 우리에게 결코 말해 주지 않습니다. 소크라테스가 제자에게 아무것도 말해 주지 않았던 것처럼 말입니다. 그러니 바틀비가 동의할 수 있는 선택지를 새롭게 고안해야 하는 책임은 바로 우리에게 있는 것입니다.

인간이 인간과 맺고 있는 지금의 관계는 만족스러운 것입니까? 만약 그렇지 않다면, 인간이 인간과 맺을 수 있는 다른 관계는 어떤 모습이어야 할까요? 당신은 (일정한 손해를 감내하더라도) 그런 관계를 만들어 갈 준비가 되어 있습니까? 19세기의 미국 문학이나 21세기의 월가 시위는 이러한 물음들에 답하려는 하나의 시도에 불과할지도 모릅니다. 그리고 인간이 존재하는 한 그러한 시도들은 앞으로도 계속될 것입니다. 그러니 우리는 이렇게 말해도 좋겠습니다. 침묵으로 던지는 이 영원한 물음들과 더불어, 바틀비는 소설 속의 죽음을 딛고 소설 밖에서 끝없이 되살아날 것이라고요.

도슨트 성기현이 선택한 그림

Francisco de Goya, 「The Dog」, 1819~1823

스페인의 화가 프란시스코 고야는 젊은 시절 화려한 궁정 생활을 즐겼지만, 말년에는 청각 장애에 시달리며 외로운 은둔 생활을 했습니다. 이 시기에 그는 전쟁의 참혹함과 인간의 어두운 내면 등을 주제로 '검은 그림' 연작을 남겼는데, 「모래 늪의 개」도 그중 하나입니다. 외로운 개 한 마리가 모래 늪에 빠져 있습니다. 멍한 눈으로 두리번거리는 사이, 몸은 점점 더 깊이 빠져듭니다. 이 녀석은 자신에게 무슨 일이 생긴 것인지 알고는 있는 걸까요? 독자들은 이 개가 바틀비를 가리킨다고 여길지도 모르겠습니다. 하지만 상황을 이해하지도 못하고, 거기서 벗어날 생각조차 하지 못하는 것은 오히려 우리가 아닐까요?